飓风时节

[墨西哥] 费尔南达·梅尔乔 著

轩 乐 译

Temporada de huracanes
Fernanda Melchor

湖南文艺出版社·长沙

图书在版编目（CIP）数据

飓风时节 /（墨西哥）费尔南达·梅尔乔著；轩乐译. -- 长沙：湖南文艺出版社，2025.7. -- ISBN 978-7-5726-2524-4

Ⅰ.I731.45

中国国家版本馆CIP数据核字第2025UA7499号

TEMPORADA DE HURACANES
Copyright © 2017, Fernanda Melchor
Simplified Chinese Translation is published by arrangement with Literarische Agentur Michael Gaeb, Berlin, through The Grayhawk Agency Ltd.
Simplified Chinese edition copyright © 2025 Shanghai Insight Media Co., All rights reserved.

著作权合同登记号：18-2022-037

飓风时节
JUFENG SHIJIE
[墨西哥]费尔南达·梅尔乔 著 轩 乐 译

出 版 人	陈新文
出 品 方	中南出版传媒集团股份有限公司
	上海浦睿文化传播有限公司
	上海市静安区万航渡路888号开开大厦15楼A座（200042）
责任编辑	欧阳臻莹
内文版式	祝小慧
装帧设计	山川制本workshop
出版发行	湖南文艺出版社
	长沙市雨花区东二环一段508号（410014）
网 　址	www.hnwy.net
经 　销	湖南省新华书店
印 　刷	河北鹏润印刷有限公司

开本：815mm×1120mm　1/32　　印张：8.25　　字数：132千字
版次：2025年7月第1版　　　　　印次：2025年7月第1次印刷
书号：ISBN 978-7-5726-2524-4　　定价：58.00元

版权专有，未经本社许可，不得翻印。
如发现印装质量问题，请联系出版方：021-60455819

给埃里克

他，也放弃了自己
在这庸常喜剧里的角色；
他，也被改变，
彻底转变；
一种可怕的美诞生了。

—— W. B. 叶芝
《1916 年复活节》

此处所述的部分事件是真实的。
所有人物则都是虚构的。

—— 豪尔赫·伊巴尔古恩戈伊迪亚
《死去的女人》

目录

一 楔子 001

二 巫婆 005

三 小蜥蜴 031

四 继父 061

五 母亲 103

六 儿子 169

七 寻宝 241

八 出口 247

一 楔子

他们手握蓄势待发的弹弓，眯着几乎被正午烈日缝成线的双眼，从河边沿小道上行，到达那条水渠。小队一共五名成员，只有领头的穿了泳装：色彩明艳的贴身短裤在五月初甘蔗园低矮、干渴的灌木间一路燃烧。其余四人身着内裤紧随其后，他们脚蹬泥靴，轮流扛着当天早上刚从河里捞上的一桶石子，眉头紧锁，面色凌厉，做好了随时牺牲的准备，甚至连最小的那个都不敢承认自己心怀恐惧，他默默跟在同伴身后，攥着绳带紧绷的弹弓，鹅卵石压在熟羊皮上，只要有埋伏的敌人出现，便会立即发射，正中要害。大食蝇霸鹟哨兵般在一行人身后的树上集结，发出尖厉的鸣叫，草木枝叶被众人暴力地拨开，哗哗作响，石子嗖嗖射出，划开他们眼前的空气，热风载着飞向苍白天空的黑美洲鹫，也载着比兜头撒下的沙石更暴烈的恶臭，让人不禁想猛吐口水，以防那气味钻进脏腑，令行路更加艰难。就在这时，领头的指了指水渠边缘，五个人立刻伏在干草地上，挤在一起，在成群的绿头蝇环绕之处，认出了——终于认出了——水面上黄色泡沫中漂浮的东西：在蒲草和被风从公路上吹卷下来的塑料袋间，一张腐烂的死人脸，一副在无数黑蛇中翻腾的紫褐色面具，正冲着他们微笑。

二 巫婆

他们叫她巫婆，就像当初叫她的母亲：在老巫婆开始帮人治病、施展妖术时，她还是小巫婆，后来那年山崩，只剩下她一人，于是她就成了巫婆。或许她还有过别的名字，写在一张被时间揉皱、被虫蠹蛀坏的纸上，藏在某个被她母亲塞满袋子、臭抹布、扯下的头发、骨头和剩饭的柜子里，不过哪怕她像村里的其他人一样，有过正式姓名，大家也无从知晓，因为即便那些每逢礼拜五来访的女人，也从没听过母亲用别的方式唤她。永远都是你，蠢货，或者你，贱货，或者你，魔鬼生的。老的想让小的过来身边、闭上嘴巴，或者让小的在桌子底下安静待着、自己好去听那些女人抱怨时，就会这么叫她。那些女人在唉声叹气的渲染中讲述自己的遭遇，讲述心理上的郁闷、生理上的痛苦，讲述失眠，讲述逝去亲人带来的梦魇、在世亲人和自己的争吵，还有钱，她们永远都会谈到钱，还有丈夫，以及公路上的妓女——不知为什么，他们总在我满怀希望的时候抛弃我——她们向她哭诉，这一切都是为了什么呢？她们对她哀吟，真不如一死了之，最好谁都不知道她们曾经活过，女人们用头巾的一角擦拭泪水横流的脸，无论怎样，一会儿之后从巫婆的厨房出去时，都得把这张脸盖住，可不能给人家落下话柄，谁说得准呢，村里人那么爱嚼舌根，免不了会胡编乱造，说她正谋划复仇，跑去要巫婆施法加害于谁，要她用妖术制住那个骗走自己丈夫的妓女，虽然自己如此无辜，去找巫婆一趟，只是为了给自己那个吞下一公斤土豆而便秘的臭小子寻求促进消化的偏方，或是想去讨几把驱赶倦意的草茶、一盒调理月事的香膏，再或者就只是在厨房里坐一会儿，掏心掏肺，纾解苦闷，安抚在喉头翻搅的无助痛楚。她们去，是因为巫婆会听，而且巫婆看起来无所畏惧，甚至有人说，她杀了自己的丈夫，也就是马诺洛·孔德那浑蛋，为的是钱，那老头儿的钱，还有房子和土地、上百公顷耕地和奶牛牧场，都是老头儿的父亲给他留下的，他不想工作，把地一块一块卖给了蔗糖厂工会，最后几乎卖光了，一直靠卖地的收益和据说屡试屡败的生意过活，那片庄园实在太大，到堂[1]马诺洛死时还剩一块不小的土地，能赚得颇为丰厚的租金，于是老头儿的孩子们，也就是他和蒙特尔索萨的

---

[1] 堂（Don），西班牙语中的男性尊称，置于名前，其阴性形式为堂娜（Doña）。——以下如无特别说明，均为译者注

合法妻子所生的、当时已经长大成人且大学毕业的两个儿子，在听到消息后立刻赶回了村里——是心脏病突发，当两人到达甘蔗园间的那栋房子时，比利亚的大夫这么告诉他们。当时众人正在守灵，他们当着所有人的面让巫婆走人，说她第二天就得离开这栋房子、这个村子，她要是以为他们真会允许她这样的下贱女人来继承自己父亲的财产，那她就真是疯了；那些土地、那栋房子——这么多年了，那房子一直在做结构上的改动，宏伟但拙劣，正如堂马诺洛的梦：饰有小天使石膏像的石阶和栏杆、高到有蝙蝠筑巢的天花板——还有钱，藏在那栋房子某处的钱，堂马诺洛从父亲那儿继承但从未存入银行的大量金币，再还有钻石，谁都没见过的钻石戒指，连那两个儿子都没见过。人们说那块钻石大得像赝品，但却是货真价实的古董，原属于堂马诺洛的祖母楚西塔·比利亚加尔博萨·德洛斯·蒙特罗斯·德孔德女士，按法理按天理都该传给两个儿子的母亲、堂马诺洛在上帝和众人面前与之结合的合法妻子，而绝不该留给那个外来的卑贱浪荡女、那个杀人凶手、那个巫婆。她从前看着倒有点儿夫人气质，但实际上不过是堂马诺洛从深山老林某个茅屋处带来的婊子，为的也只是让他在寂寞的平原上发泄自己最低级的欲望。总而言之，她是个坏女人，而且，也不知她是怎么知道的——有些人觉得是听了魔鬼的建议，反正她就那么知道了——在山上，接近山顶的地方，有一种草，长在那些古老的废墟间，政府的人说，那是古代人的坟墓，那些先民是最早到达这里的人，比西班牙佬到得更早，那些欧洲人在自己的船上望见了这里，便说，啊哈，这儿是我们的了，是卡斯蒂利亚王国的了，已经所剩无几的先民尽管想拼命抓住他们的土地，但还是失去了一切，甚至连他们庙宇的石头都失去了。一九七八年飓风来袭，山崩石裂，泥石流掩埋了拉马托萨上百人，那片废墟也被埋在了山下，大家都说巫婆就是在其中找到了那些草叶，把它们烹煮好，炼成毒药，无色无味，不留痕迹，连比利亚的医生都说堂马诺洛是心脏病突发而死，但那两个儿子坚称他被下了毒。后来，人们把这两兄弟的死也归到了她头上，说下葬当天他们就让魔鬼给带走了：两人在带领送葬队伍去比利亚墓园的公路上，双双被前方一辆运货卡车上滚下来的铁棍扎死，第二天登报的照片上一片血淋淋的铁材，真是恐怖至极，没人能解释这事故缘何发生——那些铁棍怎么突然就松动开来，穿过挡风玻璃，把人给刺穿了呢？有人逮住机会，宣称此事系巫婆所为，说是她为了留住那栋房子和那些土地，施展了妖术，总之，是这个坏女人把自己献给了魔鬼，以此换得了力量。也差不多从那时起，她便把自己锁在那栋宅子里，无论昼夜，再没有外出过，或许是怕孔德家的人来寻仇，又或许是因为她隐藏了些什么，某个她不想弃之而去的秘密，某些她想在那栋房子里继续守护的东西。巫婆日渐消瘦、苍白，好像已陷入疯癫，瞧一下她的双眼都会让人心生恐惧，拉马托萨的女人们会给她带些吃的，以此换取她的帮助，她会用自己在院子里种的药草或用让她们去山上——那会儿山还在——采来的草叶为她们煎煮药汤。也是从那时起，一些飞行动物开始在夜间袭击沿村镇间的土路回家的男人，眼中燃着可怖的火，利爪张开，要来伤害他们，要抓起他们，飞去地狱。那段时间还有谣言传出，说巫婆在那栋房子的某个房间里藏了一具雕像，一定是在楼上，在那个她禁止任何人——哪怕是那些去拜访她的女人——踏入的房间里，人们说，她会和那雕像媾合，它不是别的，就是魔鬼本人的样子，它拥有的粗长阳具仿佛一个男人紧握砍刀的手臂。他们说，每一晚，巫婆都会与那非同寻常的阴茎交媾，正因此，她才会说她根本不需要丈夫，的确，在堂马诺洛死后，就再没有男人接近过巫婆，也没法接近，是她自己嫌男人臭，说他们通通是醉鬼、浑蛋、疯狗、蠢猪，说她宁死也不愿让那些废物进门，说她们，村里的女人，是群胆小鬼，只会默默忍受他们。说这话时，她眼眸泛光，一瞬间恢复了美丽——蓬松飘逸的长发，因激动而泛起玫瑰红晕的脸颊——惹得来见她的女人纷纷画起十字，因为她们也不禁开始想象她赤身裸体，骑着魔鬼，在粗壮的阳具上一坐到底，任魔鬼的精液顺着她的大腿滑落，液体或红如岩浆，或又绿又稠，像在锅上冒泡的、巫婆让她们大口吞下以疗治她们病痛的药汤，再或黑如沥青，像那个孩子大大的乌眸和蓬乱的黑发，她们某天在厨房桌子底下发现了她，孩子抓着巫婆的裙摆，那么瘦弱、喑哑，惹得许多女人在背后默默祈祷她的命不要太长，以免遭苦受罪太多。过了些日子，她们再见着这孩子时，她正坐在楼梯脚边，双腿交叉，腿上放一本书，双唇默读黑眸子看到的东西——消息飞快地传了出去，当天比利亚的人们就都听说了，巫婆的女儿还活着。这事情也真怪，动物生出的怪胎，比如五腿羊、双头鸡，睁眼没几日就会死去，但巫婆的女儿，这个在秘密和羞耻中诞生的孩子——从那时起他们便开始叫她小巫婆——却活了下来，并且一日日越发强壮，很快就能做母亲派给她的一切活计了：砍柴、打井水、到比利亚的市场买东西,去十三公里半,回十三公里半,扛着大包,背着背篓,一刻都不停歇,更不会分心走上岔路,或和村里的其他女孩攀谈,不过,也没人敢和她说话,甚至没人敢嘲笑她,笑她的卷曲乱发和破烂衣衫,笑她的赤裸巨足和高得过分的身段,她健壮得像个小伙儿,比谁都聪明,一段时间之后,人们就看出来了,是小巫婆在当家,是她在和制糖厂的人就租金讨价还价,那些人觊觎着这块土地,就等巫婆母女疏忽大意,扯些法律条例把她们赶出去,毕竟那财产没有证明文书来保护,两人也没有男人来捍卫,不过她们也不需要什么男人,小巫婆不知怎的,已经学会了和人谈钱,厉害得很,有天甚至出现在了厨房,为咨询来访明码标起了价钱,因为老巫婆——虽然那时年纪还不足四十,却因皱纹、白发和垂坠的肌肤而显得像六十有余——开始健忘,开始不记得收访客的钱,或是收下她们丢来的随便什么东西——一块黑糖塔、半斤干鹰嘴豆、装在圆锥纸筒里快臭掉的柠檬,或一只长蛆的肉鸡——都是些浑蛋,小巫婆不得不出面喊停,她出现在厨房,用不习惯讲话的粗哑声音说,女人们带来的东西不足以支付咨询费用,事情不能再这样下去,从此以后要按照任务的难度、她母亲作法所需要的材料,以及为达到目的所施的巫术种类来收取劳务费，因为治好她几个痔疮怎么能和让别人的男人完全迷上她相比，更不能和让她死去的母亲回来跟她对话——老人生前被他们遗弃，现在她想知道对方会否原谅自己——相提并论，诸如这样的活计是很难的，对不对？所以从那天起，事情非得改变，但很多人并不喜欢改变，于是不再在礼拜五登门。她们打算感觉不对时就去找帕罗加丘的那位先生，他看起来比巫婆更有效用，甚至有人从首都前去见他，他的访客中不乏电视名人、足球明星、正在竞选的政客，不过他要价也实在昂贵，而她们中的大多数人连去帕罗加丘的大巴票钱都拿不出，于是只好对小巫婆说，行吧，那该付多少钱，她们兜里就只有那么点儿，又有什么法子？小巫婆咧嘴露出硕大的牙齿，让她们不要担心，钱不够可以抵押物件，比如她那天戴的那对耳环，或是她女儿戴的链子，或是直接来一锅羔羊肉玉米粽、一只咖啡壶、一台收音机、一辆自行车，任何像样的器具都行，如果赊账，就得付利息。而且不知从哪天开始，她也开始出借现金，要三毛五或更高的利，全村人都说，这些手段来自魔鬼，谁见过这么狡猾的女孩子，这都是从哪儿学的？酒馆里有个人说，放利这种东西就是抢钱，得去把那老东西逮住，交给有关部门，交给警察，治她个投机倒把、侵害他人的罪名，把她关进监狱——她以为自己是谁，这样压迫拉马托萨和其他村子的村民？但之后却没人行动，因为除了她俩，还有谁会收下那些破烂玩意儿，就把钱借出去呢？而且没人愿意和巫婆作对，人们都怕极了母女俩。天黑以后，连村里的男人都不愿靠近那房子，人人都知道里面会传出声音，小路上就能听见叫喊和呻吟，人们觉得是两个巫婆在和魔鬼交媾，但也有人认为那不过是已经疯癫的老巫婆自己发出的声响，那时她已经不认人了，时常陷入近似弥留的状态。大家都说那是上帝在惩罚她，因她的罪过与恶行，更因她造出了一个撒旦继承人，早前，在女人们斗着胆子问她孩子父亲是谁时，她便骄傲地给出过答案，要知道，小巫婆的出生是个难解之谜，因为没人知道她来到世上的确切时间，堂马诺洛当时去世已久，老巫婆也没有再婚，不出家门，更不去舞会，她们真正想知道的是，是不是她们自己的丈夫给她留下了那个粗俗的种，所以当她面露邪笑盯着她们说小巫婆是魔鬼的女儿时，她们都不寒而栗，浑身蹿起鸡皮疙瘩——上帝啊，她和魔鬼真像啊，你看看那女孩，再看看比利亚教堂里那被天使长圣弥格制服的魔鬼，尤其是眉眼那里，简直像极了——女人们画起十字，有些夜里，她们甚至会梦到阳具挺立的魔鬼对自己穷追不舍，要让她们生下孩子，而后她们会泪眼汪汪地醒来，看着自己湿润的大腿内侧和隐隐作痛的小腹，于是慌忙赶到比利亚向卡斯托神父忏悔，神父听罢只会责怪她们迷信巫术。有人觉得这类流言未免可笑，老巫婆只不过是个疯女人，孩子一定是从哪个村子偷来的。还有人说，萨拉胡安娜岁数见长之后讲过，有天夜里，有几个并非拉马托萨本地的小伙子去了她的酒馆，听口音他们连比利亚的都不是，酒醉之后，得意扬扬地讲起，他们搞了拉马托萨一个老女人，据说她巫术了得，杀了自己的丈夫。萨拉胡安娜连忙侧耳去听，他们接着讲了自己如何钻进那栋房子，如何把她打到服帖，如何一起干了她，是不是真巫婆不说，那老娘们还挺有姿色，美味得很，能看出来其实她喜欢着呢，因为他们干她的时候，她那个身子扭得那么厉害，声音叫得那么尖，再说了，这破烂村子里的女人本来就都是婊子——萨拉胡安娜知道，听见有人管这儿叫破村子，就会有某个家伙——总会有这样的家伙——感觉自己受到了冒犯，事情也果真如此，有人立刻急了眼，冲过去，和酒馆里的其他人一起好好揍了一顿那些年轻人，不过到最后也没人拎出砍刀来，或许是因为他们很快就把对方放倒了，也或许是因为天气太热，不值得因为受了这点儿冒犯就大动肝火，况且他们真要大展雄风，也没有观众欣赏，因为萨拉胡安娜的店里没有女人，连从海岸棚户区来的可怜的脏女人——她们有时会上来卖身，换瓶啤酒钱——都不见踪影，没有人，只有他们和萨拉胡安娜，而对男人们来说，她已经和店里随处可见的男人没什么两样，那些客人都长着深褐色脸庞，留着小胡子，手攥一瓶慢慢变温的啤酒。悬在屋顶的电扇吱扭作响，奋力斩切着他们身上冒出的雾霭般的热气，蜡烛旁的录音机，*来点儿小草给兔子咬*[1]，毗邻圣玛尔定的画像，*我要切点儿小嫩草*，孤独地发出轰响，*拿去给兔子咬*，另一侧摆放着被圣水浸湿的丝带捆扎的芦荟，*它已经要忍不了，是啊先生，怎么忍得了*，以及甘蔗烈酒，据巫婆说，此酒可防招妒恨，把恶返还给应得之人。在她家厨房正中央的桌子上，有一个铺满粗盐的盘子，盘中永远都放着一颗红苹果，由上至下被一把尖刀和一枝康乃馨贯穿，礼拜五清晨过来找她的女人们会看到，水果和花朵都已枯萎，被吸干了精气，因她们留在那栋房子的愁闷吐息而腐烂发黄，她们相信有什么负能量在她们

---

[1] 此处是行文中插入的歌词，以仿宋体标出。下同。

身陷苦痛与不幸时自内部积聚，相信某种不可见的浓厚瘴雾在那栋密闭房屋的浊重空气中飘浮，她们认为，巫婆知道如何施法将其清理干净。没人知道老巫婆是从什么时候开始恐惧窗户的，当小巫婆可以在厨房另一侧的黑暗客厅——没人敢去那边——里跑来跑去时，老巫婆自己动手用石块、水泥、木棍和铁丝网把窗户严严实实封了起来，她甚至封上了那扇接近全黑的栎木大门，堂马诺洛的棺材就经过那里被抬走、带去比利亚下葬，连那扇门她都用砖头和木桩尽可能封死，为的就是永远不再打开。她只留下院子通往厨房的小门：必须给小巫婆留一个出口，她要去打水、照料菜园以及采购。因为没法连小门都封上，老巫婆便找人打了一扇铁栅门罩在外面，那栅栏粗过比利亚监狱的栏杆，至少帮她干这活儿的铁匠是这么炫耀的，配的锁有拳头大小，钥匙则被老巫婆藏在胸罩里左胸的位置，从不轻易拿出。村里的女人们愈加频繁地遇上紧锁的铁门，她们不敢伸手去敲，只好等在门口，有时会听见吼叫、咒骂、哀号，还有老巫婆用家具撞墙或把家具推倒在地的轰响——从院子里听大致如此——与此同时，小巫婆则躲在厨房桌下，紧握尖刀、缩成一团——多年以后她这样告诉公路上的那些女孩。她小时候，全村人都认为，也希望，甚至祈祷她快点儿死去，免得受罪，况且魔鬼迟早会来认她，在人们的想象中，那时大地会裂成两半，两个巫婆都会跌进深渊，径直落入地狱火海，一个因为有恶魔的血统，另一个因为使用巫术犯下了滔天罪行——毒害堂马诺洛，诅咒他的儿子双双死于车祸，施法伤害和打压村里的男人，最重要的是，她从那些坏女人的肚子里拔出了许多已经合法播下的种，把它们溶在自己准备的毒汤里，只要她们求，她就会给，还在临死前把药方传给了小巫婆。那是一九七八年山崩前她们闭门不出时发生的事，飓风带着怒火与愤恨席卷海岸，闪电伴着雷鸣一连数日往天空注满雨滴，落地的雨水没过农田，沤烂一切，淹死了在狂风与雷电惊吓中来不及从畜栏逃出的动物，也淹死了那些未被及时施救的孩童。山丘卷着山石的巨响，带着被连根拔起的栎树，就那样崩塌了，黑色的淤泥将一切都夷为平地，甚至漫到了海岸，在幸存者哭红的双眼前，把村镇四分之三的区域都变成墓地，余下的人之所以存活，是因为他们在大水冲来淹过头顶前攀上了杧果树，抱着树冠坚持数日，直到军人把他们转移上救援船。那时风暴已钻入山地，消失不见，太阳开始在铅色的浓云间重新闪耀，土地也开始再次变得坚实，人们骨髓里渗入了水，皮肉被宛如微小珊瑚的苔藓侵占，拖着牲口，背着幸存的儿女，乌泱泱地来到比利亚加尔博萨寻找避难处。政府给他们指定了一些安顿点，如市政厅的一层、教堂的门廊，甚至学校也停了几星期课，专门接收他们和他们带来的破烂、他们内心的哀怨以及他们内部的死亡或失踪者名单，当时巫婆和她的魔鬼种女儿也被列入名单，因灾难过后再没人见过她们。直到几星期后的一个早晨，小巫婆在比利亚的街道上现身了，她一袭黑衣——裹着黑色腿毛的黑色丝袜、黑色长袖衬衣、黑色半裙和高跟鞋，草草绾起的黑色长发，在头顶上梳了一个髻，簪上扎着黑纱，那副形象惊呆了众人，他们也不知自己是该恐惧还是该发笑，因为她那副样子实在滑稽，天那么热，能把人的脑仁蒸熟，那蠢蛋却穿着一身黑衣，看来是真的疯了。她怎么跟每年都会出现在比利亚嘉年华上的变装伪娘一样，穿得那么可笑。然而事实上，并没有人敢当着她的面笑，因为那段时间不乏丧亲之人，而从她那副死神装扮、从她拖着脚往市场走去的庄严又疲惫的步态中，人们能猜出另一个人的死亡：她母亲的死亡，老巫婆的死亡。她从这世上消失了，或许被埋在吞噬了半个村子的淤泥之下，真是可怕的死法，但人们心底却想，对那个巫女充满罪孽的生命来说，这未免也太仁慈了些。

人们，甚至那些女人，她们，一直以来的她们，每礼拜五的她们，都不敢上前询问身着丧服的她以后要怎么办，谁来负责医病、施法，人们需要很多年才会返回甘蔗田间的家中，拉马托萨也需要很多年才能重新拥有居民，被山丘之下残骨之上建起的草屋茅舍再次占满，新的居民都将是外来的，大部分受新修公路的工程吸引在此安身，这条新公路将穿过比利亚，把港口、首都与北部帕罗加丘那边刚刚发现的石油井连在一起。为了这个工程，人们搭起了窝棚和小客栈，随着时间流逝，又建起了酒馆、旅馆、妓院、夜店，以供过路的司机、小贩、商人和打零工的工人驻足，短暂逃离那条被甘蔗园夹裹其间的乏味公路。几公里几公里绵延不断的甘蔗、牧草和芦竹把土地盖得密密实实，从柏油路边缘到西边的山脉，或到东边的海岸峭壁——那一侧的海永远汹涌而愤怒——不留丝毫空隙，低矮的灌木连着灌木，成丛成野，被藤蔓植物覆盖、包裹，雨季时藤蔓生长得迅猛而暴烈，像要吞噬一切住宅和作物，于是人们不得不操起砍刀来限制它们的蔓延：公路旁、河道边、犁沟间，处处可见弓着腰挥刀斩藤的人，他们双脚插进炽热的土地，忙碌而骄傲，无暇理会那个鬼魂一样在村中各个荒凉角落、在人们劳作的土地上游荡的黑衣人从远处、从小路向他们投去的哀怨目光。在那片地里干活儿的都是新来的年轻小伙子，刚获雇用，领着勉强能填饱肚子的薪酬，都尚未蓄须，身体柔韧如绳索，双臂、双腿、小腹的肌肉被劳动和烈日压榨到极致。他们会在夕阳西下时，在村子的平地处拼抢一个破烂足球，会疯狂赛跑看谁最先跳入河中、找到从岸上扔进水里的硬币，会比赛看谁吐痰吐得最远。傍晚，他们坐在悬于温热水面的榕树树干上大笑、喊叫，齐整地来回悠荡着双腿，肩贴肩，泛光的后背像被擦亮的皮革，闪耀、紧实仿若罗望子的果核，鲜嫩、滑润仿佛焦糖牛奶酱或成熟人心果的甜软果肉。肉桂色或桃花心木色偏梨花木色的肌肤，生机盎然的湿润肌肤，从远处、从几米开外巫婆藏身的树干后看得清清楚楚。她从树后窥视他们，在她眼中，那润泽、紧绷的皮肤更像酸涩的生水果，是最令她无法抗拒、最叫她心生欢喜的果实，是她在暗中默默祈求的果实。她虽则祈求，却只将强劲的欲望束缚在自己锐利的黑色目光下，挎着永不离手的购物袋，躲在密林中，或在农田界桩前忧心忡忡地停下脚步。她会因那些肉体的健美而湿润了双眼，于是把头纱掀开，翻折在头顶，想更清晰地端详他们的模样、嗅闻他们的气味，更清晰地在想象中品尝那些年轻男子释放的、飘在平原空气和微风中的咸咸香气，每到年末，这微风便会变得偏执、狂躁，猛烈地摇撼起甘蔗叶片、人们棕榈帽檐散乱的毛边、鲜艳披肩低垂的边缘和蔗田里流转的光芒，将十二月萎靡的灌木摧折，甚至撕得粉碎。风刮到诸圣婴孩殉道庆日时，便开始有了焦糖的气味、烧焦的气息，它伴着年末最后几辆货运卡车的沉重颠簸，陪它们载着大捆大捆发黑的甘蔗，在弥日不散的阴云下开往蔗糖厂。这时，小伙子们会澡都不洗就套好砍刀，冲向公路边，把用自己大汗淋漓、精疲力竭的身体赚来的钱挥霍一空，大口渴饮温热的啤酒。那啤酒之所以温热，是因为萨拉胡安娜的冰箱太老，它发出的轰鸣甚至能盖过昆比亚舞曲的"咚巴咚巴"，我们最先想到的事，就要实现，他们围坐在塑料桌前，诱人的姑娘，已经到手，谈论着最近几个礼拜发生的事，有时大家说看见了她，有人甚至和她在哪条路上撞了个正脸，不过他们不管她叫小巫婆，就只叫她巫婆。或许因为不在乎，或许因为太年轻，他们有时会把她和老巫婆弄混，把他们年幼时村里女人讲给他们的恐怖故事安在她头上。比如"哭死鬼"的故事：相传那女人一气之下杀死了自己的全部子孙，她的任性妄为将她变成了一个可怕的鬼魂，脸是前脚腾空的骡子的脸，腿是多毛蜘蛛的腿,并且永远被禁锢在悲恸悔过中。再比如"白衣女"的故事:据说只要不听外婆的话,半夜出门乱逛,就一定会遇到她,她会跟着你,趁你不注意突然叫你的名字,你一回头,看见她的骷髅脸,就必死无疑。对他们来说,巫婆就是类似这样的存在,只不过要有趣得多,因为她是真的,是有血有肉会走在比利亚的市场里和女商贩打招呼的人,不是外婆、母亲或姨妈——这些女人就是一群长舌妇——胡扯出来的鬼魅,她们胡扯只是不想让他在野地里乱跑,对吧?但夜里出门干点儿坏事多有意思,比如吓吓醉酒的人,或者勾引一下那些小妓女。什么巫婆?他们都觉得那纯属瞎胡扯。那女的不过是想要个屌,一个滑头小子说,她要是想吃我,得从根这儿开始吃吧。说着,他抓了抓自己裤裆里的睾丸,周围一片哄笑、饱嗝儿、拍桌子的啪啪声,以及听起来更像哀号的大笑。这种时候,总会有杂工想,那个甘蔗田里的巫婆有那么多土地,藏了那么多箱钱、那么多袋金币,总之,拥有那么多财富,应该可以花钱买下男人们免费给村里女孩——以及那些慢慢喜欢上这类事的堕落男孩——提供的东西,不是吗?不过,没人知道谁是第一个下了决心的勇士、第一个鼓足勇气穿过黑夜到达巫婆宅院的人——他小心翼翼避开旁人的目光，站在铁栏杆前、厨房门前，接着门突然打开，一个瘦高女人现身，她苍白的手握着的那串钥匙丁零作响，像只不时探头出来的黑背陆蟹，隐现在她那条飘浮于黑暗中的长袍的黑色袖口边沿。烘热锅子的炭火只微微发光，就将樟脑蒸气的气味充满整个厨房，赖在渐渐大胆起来跑去找她的那些年轻人的头发上几日不散，他们去，是出于野心或肾上腺素，是为了满足好奇或生理需要，他们要与那个每晚都在等待他们的颤抖的影子做交易，过程越快越好，之后再飞奔到小路上，穿过田野，冲到公路旁，回到安全的萨拉胡安娜酒馆，把那影子最终决定放开你时往你口袋里塞的钱全部用来买温热的啤酒。我都不用看她的脸，一个粗人向他能逮到的听众炫耀，说他只用把两手撑住，任凭她舔他的身子就好：那张嘴像一个影子，在遮盖她脑袋的肮脏粗布后时隐时现，她只在需要时才会仰一下头，不过也从不把整张脸露出来。从某种程度上来说，他们庆幸于此，也庆幸于几乎贯穿全过程的绝对沉默，没有呻吟，没有喘息，没有分神，没有任何形式的言语，只有肉体碰撞肉体，以及在黑蒙蒙的厨房里或过道间里——墙面装饰画上的裸体女人的纸眼睛已被指甲抠了出来——喷溅出来的一点儿口水。当巫婆会掏钱买身的消息传到比利亚以及河对岸的其他村落时，络绎不绝的到访几乎演进成一种游行，一场男人和男孩都络绎不绝参与其中的朝圣之旅。他们争抢着要先进去，有时甚至只是去打发一段时间，开着小货车，把收音机音量调到最大，把成箱的啤酒从厨房那扇门塞进去，一群人关在里面尽情享乐，传到外边的派对乐声和噪声惊扰到了各位女邻居，尤其打扰到了村里屈指可数的几位体面女士——当时整个村子已经被不知哪儿来的身份不明的妓女占领，她们被石油运输车沿路撒下的钞票吸引而来：一些女孩身体很轻但妆容浓重，为一杯啤酒钱就任人随意抚摸，甚至在跳舞时允许他们把手指伸进自己下体；一些女孩身形健壮，在基本坏掉的风扇下浑身大汗，像抹了猪油，六小时的派对之后，便不再知道给看上她们的男人口交一小时更累，还是假装认真听对方讲话更累；一些女孩相对年长，会在没人看上自己时独自跳舞，双脚踩在夯实了的土场地中央，沉醉于昆比亚的旋律和啤酒，逐渐迷乱在让人陷入失忆的咚巴咚巴的节奏里；一些女孩未老先衰，不知从哪儿被一阵风拔起，又给圈定在此处，像极了被同一阵风困在这片甘蔗地里的塑料袋；还有一些活累了的女人，突然意识到已经不想再为了每一个新认识的男人重塑自己，当她们记起自己旧日的幻想，便会露出一口豁牙，哈哈大笑；只有为数不多的女人，在听了去河边浣衣或排队领救济奶的村中老妇说起的故事和流言后，还敢去巫婆那栋藏在蔗田间的房子找她，敲敲门，等身着寡妇衣裳的疯女人从半掩的门中探出头来，她们便哀求对方帮忙，请她煮村里女人依然谈起的汤药给她们，那些可以拴住男人、完全控制他们的汤药，那些可以令他们永世不得靠近的汤药，那些只会抹掉她们自己记忆的汤药，那些可以蓄积力量摧毁他们在开着卡车逃离之前在她们肚里播下的种子的汤药，还有另一些更强更猛的汤药，据说强大到可以解放那些为自杀的愚蠢光芒所着迷的心灵。总之，她们是她唯一决定帮助的人群，而且少见的是，她分文不取，这是件大好事，因为公路上的这些女孩，大部分一天只能勉强吃上一顿饭，其中的许多人在和男人搞完之后，甚至得拿别人的毛巾来擦干身上的精液。或许，她愿意帮助她们的真正原因在于，这些女孩去找她时并不害臊，不会遮挡自己的脸，而是直直站着，扯着被烟草熏坏、被不眠之夜熬坏的嗓子叫着：巫婆，小巫婆，给我开门，臭婊子，我他妈又搞砸了。一直叫到穿着黑袍、歪歪斜斜顶着头巾的巫婆探头出来——在混乱的厨房里，在打翻的锅子和留有枯干血迹的肮脏地板间，在白日的阳光下，她的头巾也遮不住肿胀眼睑上的青紫、开裂嘴唇的血痂和浓密的眉。她们也是仅有的巫婆愿意偶尔对之倾诉自己伤心事的人群，或许是因为这些女人对男人能有多么恶劣一事感同身受，她们甚至会讲些笑话或俏皮话惹巫婆发笑，让她忘记经受的毒打，让她大声说出打她的浑蛋们的名字，那些闯进她家、掀翻她的家具、强盗一样四处乱翻想搜出钱财的浑蛋的名字，因为流言有称，巫婆家中藏匿大量珠宝、金币，还有传说中一颗硕大如拳的钻石，尽管她向来人发誓说传言并不真实，她绝无什么宝贝，而靠出租余下的农田过活，所谓农田不过是房子周围的几块地，被蔗糖厂工会拿来种甘蔗。只用看看她过的日子就能明白，猪圈一样的房子，里面只有破旧的家什、腐烂的纸箱，以及塞满废纸、破布、椰草、玉米芯、满是头屑的头发团、灰尘、牛奶盒和空塑料瓶的垃圾袋，就这堆破烂，却也被施暴者踩在脚下，被他们试图打开楼上卧室门时砸了个稀烂。那房间已上锁多年，从她母亲还在时就被这位老巫婆从屋内封住——某次遭受暴力幻觉攻击时，她把屋内的家具都推过去，顶住了栎树材质实木门，因此只有用上组成比利亚加尔博萨律法之臂的那七个制服壮汉的体重和力量，外加利古里托少校的一百三十公斤体重，那扇门才被打开。也正是在被外人闯入的那一天，可怜的巫婆的尸体在蔗糖厂的灌溉渠中浮出了水面。真是可怕的事，人们说，孩子们发现尸体时，整个尸身都已肿胀起来，眼球外凸，脸被动物吃掉了一半。也正因此，那可怜的疯女人看起来正在笑，吓人哪，真是，太惨了，妈的，她心地还是不错，总会帮她们忙，不收她们钱，也不要她们拿什么来交换，总会说陪陪她就行。所以公路上的，还有在比利亚酒馆里工作的那些女孩聚在一起凑了点儿钱，想给巫婆那具已经腐烂的可怜尸身办个体面点儿的葬礼，但比利亚政府的那些狗屁玩意儿都不是人，天杀的浑蛋们不想把尸体交给这些女人。他们说，首先，因为尸体属于犯罪证据，程序还没走完，其次，她们没有任何文件能证明自己与受害者是亲属关系，因此没有权利领走尸体。那些该死的玩意儿——能出示什么文件？镇上从没人知道那魔鬼生的可怜女人叫什么，女人没告诉过别人自己的真实姓名，她说她没有名字，她母亲也不过用"喂""嘿"来叫她，或者喊她蠢货、王八、魔鬼生的，还对她说，你生下来就该把你杀了，扔进河里——该死的巫婆，该死的蠢蛋，可转念想到那些天杀的家伙对她做的事，也不怪她兀自匿居在房子里。可怜的巫婆，可怜的疯女人，愿她至少能死死纠缠住那个或那些割了她喉咙的豺狼。

三　小蜥蜴

那天，叶塞尼娅很早就去河里游泳了，他看见她时，她已上了岸。他来时踉踉跄跄在小路上走，没穿鞋，也没穿上衣，手中拿的生锈铁罐抵着胸口，之前在路上摔了跤，膝盖磕破了皮。肯定是醉了酒或磕了药，因为他不但敢靠近叶塞尼娅，还恬不知耻地问她河水怎么样。她根本不屑看他，心底怒火闷烧：表弟居然有脸和她说话，好像他们之间无事发生，好像他们这三年从来没有不理过对方。她斩钉截铁地告诉他，水很清，接着就转身往家走去，路上一直想着她本该对那个浑蛋——他纯粹是整个家庭的灾难——说的所有话以及他遭天杀的行为引发的所有恶果：单说外婆的病，因为这病她先是半身不遂，转年又摔了跤，差点儿摔断腰，现在还没恢复，或许永远都恢复不了了，看她持续遭罪，人越来越瘦，似乎也越来越透明，尽管从前的聪明劲儿还在，却依然整天念叨那浑蛋，让叶塞尼娅心烦，他什么时候来看她啊，为什么不把妻子带来见她。她素来不想听就装聋，谁知道流言是怎么传进她耳朵的，一定是听古埃拉斯家的长舌妇们讲的，说他和一个外来的姑娘在一起了,还把她带到他在他妈房子后面建的那个窝棚里去住。外婆不停地烦扰叶塞尼娅:那个幸运的女孩什么样?他们就这样住在一起了?难道是怀了孩子?那女孩工作吗?她会洗衣做饭吗?她什么都想知道,想让叶塞尼娅告诉她一切,好似全然不知道叶塞尼娅已经好几年没跟那愚蠢的浑蛋说过一个字了,因为他做丑事时被她撞个正着,但那胆小鬼宁愿离开这个家也不愿回来面对叶塞尼娅,听她当着外婆的面把事实甩到他脸上,好让老太太明白——终于明白——她的孙子究竟是个什么货色,该死的娘炮胆小鬼,该死的寄生虫,面对外婆为他做的一切、承受的一切,连句谢谢都没有,要不是老太太,他小命早没了,因为生他的那个婊子把他扔在了背篓里,孩子满身粪便和蛆虫,险些饿死,女人自己却扭头走了,忙着在公路上卖身子。一想到这些事,叶塞尼娅就气不打一处来,每次这个没良心的浑蛋出现在她脑海里,她的肝都会生疼,再一想到外婆主动提出要替自己的毛里利奥舅舅养这个臭崽子时的傻模样,她就更加难受。其实老太太知道,舅舅的相好,那个恶心的女人,是个职业妓女,不论是谁,只要给钱,她都可以张开大腿,把下体奉上。她难道没发觉那浑小子长得一点儿都不像毛里利奥吗?芭尔比姨姨听说是外婆在照顾那小崽子，便丢出了这么一句。她难道没发觉他和家里的谁都不像吗？叶塞尼娅的母亲——她的外号是"黑姑娘"——回到家里，看见猴子一样挂在外婆脖子上的脏兮兮的小孩时，也这么说。妈，我觉得毛里利奥和那骚女人就是看您好欺负。她的破观念就是，总觉得我们这两个女儿这不好那不好，奇怪了，她怎么就不记得那句老话——"女儿的孩子是我孙子，儿子的孩子是谁孙子？只有他娘能说准"？但谁都劝不住她，大家嘴都说破了，说把那崽子当自家人养是个错误，毛里利奥肯定不是孩子父亲，最好把他送去孤儿院，但没用，没人能说动她。孤独的堂娜蒂娜怎么能抛弃那可怜的小生命呢——她唯一带把儿的孙子，她最偏爱的毛里利奥的儿子，可怜的毛里利奥，病得这么重，实在没法照顾他的孩子，怎么可能对毛里利奥说不呢？要知道他是唯一一个为她做出牺牲的孩子，全家刚到拉马托萨时，他就退了学，好帮她经营小酒馆。你们俩呢，就跟妓女似的，只知道去跟卡车司机或蔗糖厂杂工鬼混，老太太这样控诉她们，她发脾气时只记得坏事，一向如此。但毛里利奥是她的心肝宝贝，她就喜欢说他为了她、为了生意牺牲了很多，但这纯粹是她自行编造的假象，因为她需要相信毛里利奥是爱她的。事实上他退学只是因为他又蠢又懒，游手好闲，整天混迹于公路边的酒馆一带，唱唱歌，弹弹吉他，那把琴是一个赊账的醉汉押在外婆酒馆里的，后来这人就再没回来。毛里利奥拿着吉他自学成才，一个人在家里后院的那棵桑树下，拨一拨弦，听一听琴箱出的声响，就差不多学会了。他还去比利亚弥撒上听那些年轻传教士弹琴，听两下就差不多可以弹下整首曲子，甚至还自编了几段旋律，填上下流的歌词，等他感觉自己弹琴游刃有余，就找到外婆，说，堂娜蒂娜——他一直这么叫她，叫她的名字，不叫妈妈，或者妈，永远都叫她堂娜蒂娜，那个自以为是的浑蛋——堂娜蒂娜，他说，我要去公路上工作了，现在我是音乐家了，你不用等我，也不要伤心难过，我一挣到钱就寄来给你，说完那浑蛋就走了，就这样滚蛋了。可以说，在酒馆弹琴唱歌很适合他，因为那时他还年轻，那些醉汉也挺喜欢他，因为他们觉得一个戴宽檐帽的小屁孩在那儿用唱词取笑他们很有意思，那时，北方的音乐正逐渐流行，这是好事，因为毛里利奥最喜欢弹的就是科里多[1]曲，他甚至连穿着都像北方人，看那会儿的照片，他总是

---

[1] 墨西哥音乐类型，以叙述真实或虚构人物的故事为主要内容。

身穿牛仔裤，脚踏尖头靴，腰系龙舌兰织纹皮带，头戴压低到眉毛的宽檐帽，手拿啤酒，口叼香烟，身边环绕一群女人。他们说那些女人为他着迷，多半是冲着他暴脾气坏小子的形象，而不是为了音乐，因为那家伙其实弹唱逊色，从没能耐加入任何乐团，也没法真的靠音乐赚到钱，他的事业和沿街乞讨卖艺差不多，自然也从没给外婆寄过一分钱，相反，那浑蛋一直是外婆的负担，不时需要她帮衬，借的钱也从来不还，隔三岔五在聚会上被打烂了脸，还得给他钱去看医生，甚至有好几年，外婆每星期都要大费周章地到港口监狱去看他，她每个礼拜日——无一例外——都要去看因为杀死了马塔科古伊特的一位先生而锒铛入狱的毛里利奥舅舅。都怪那个已婚婆娘，毛里利奥像狗一样围着她转：那女的忍受不了丈夫毒打，最后一点点全招了。一天，有人告诉已经连喝了几日大酒的毛里利奥舅舅，有个男人正在比利亚到处打听他的行踪，这人说毛里利奥·卡马戈和他老婆乱搞，要废了他，舅舅于是从酒桌上站起来，说，要么是他家人哭丧，要么是我家人哭丧，但还是他家人哭比较好。吉他托人保管，他搭上顺风车，去了比利亚，去直面自己的命运。他的运气太好，遇上对方时，那个被戴了绿帽的家伙正在一家小酒馆的厕所里撒尿，毛里利奥掏出一直塞在靴子里的匕首，从背后连捅他几刀，连说句话的机会都没给对方，之后被判谋杀罪，监禁九年，进了港口的监狱。堂娜蒂娜一连九年每个礼拜日都去看他，带着他的雷利牌香烟、他的零花钱、他的香皂，还有一些她在比利亚订购的干粮和罐头，她总是自己去，不愿让叶塞尼娅或家里的其他女孩做伴，因为那些犯人看见女孩们总会一脸痴相，但她一个人去，又怕在港口的有轨电车线路间迷路，于是她每次都从大巴站一路走到监狱，就为了去看她的心肝儿子，上帝赐给她却又很快夺去的唯一的儿子——当时他出狱还不到一年，正值青春年华，不知在里面染上了什么病，外婆说不算严重，人被关久了，难免身体虚弱、心绪低落、抑郁不振，加上之前和他同居的那个婊子很久以前就和别人跑了，他这番情况也属正常。黑姑娘和芭尔比确信毛里利奥染上了艾滋，不让自己的女儿们接近舅舅，可不能让他把这脏东西传染给她们。最后，外婆也不得不面对那浑蛋快要死去的现实，她绝望地最后一试，把他送进了比利亚最昂贵的、给油田工人建立的疗养院里。为了支付账单和药品，她不得不卖掉小酒馆和公路旁的一块地，黑姑娘和芭尔比得知外婆做的事，不禁扯着头发向天哀号，问她们的母亲怎么能卖掉她们唯一能继承的遗产呢，她们为之奋斗了那么多年，现在要靠什么过活——无论做什么，毛里利奥这浑蛋都是要死的啊，连医生都说了，他没希望了，最好开始准备后事。听到这话，外婆疯了一样指责女儿们搬弄是非、贪得无厌，那酒馆是她的，只属于她一个人，她们要是不喜欢把酒馆卖掉的主意就滚蛋，蛇蝎女、毒妇，全都自私、善妒，怎敢说毛里利奥救不活了呢，上帝做证，他明明好日子还长着呢，还要看着自己的儿子长大，还要再生好多个儿子。芭尔比和黑姑娘说，滚就滚，见鬼去吧你，跟你的酒馆还有毛里利奥的小命一起见鬼去吧，我们走了，你永远都见不到我们了，也见不到我们的女儿。她们说着，抓起行李、带上几个女儿就走，外婆扑上来，在门口死命扯着她们不放，说她们真是疯了，竟然会觉得她能允许外孙女被带走，带走了，她们也会被养成你们这样的婊子，不是吗？黑姑娘和芭尔比可以走，但女孩们要留在她身边，无论她们怎么大吵大闹左蹬右踢，外婆都死抓着不松手，她们只好自己去了北方，大家都说那儿有石油井，工作机会很多，后来她们真的没再回来，甚至当毛里利奥舅舅终于两脚一蹬离开人世时，她们也没回来。还好没有，因为外婆花了自己根本没有的钱给她的好儿子搞了一场盛大无比的——按她的话讲，是他应得的——葬礼，她们要是看见那场面得气晕过去。镇上已经许多年没办过如此规模宏大的丧事，每个来吊唁的人都能吃到羊肉玉米粽，外婆还请来北方的乐队和马里亚奇乐队，运来一箱箱甘蔗酒，好让每个人都喝到大醉，醉到能声嘶力竭地为毛里利奥哭一场，在那之后，她甚至叫人来修了一座坟，比起坟，那更像是一座礼拜堂，就修在比利亚墓园最显要的位置，因为堂娜蒂娜可不能把自己心爱的儿子葬在廉价的地方，对吧？葬在那种破地方，十年一过，他们就会把遗体拿出来，再塞进去另一具，她不知道自己还能不能再活十年，要是死在那前头，可怜的毛里利奥的遗体怎么办？遗体就会被扔到公共墓穴里去，这都怪她的那两个所谓的女儿，那两个卑鄙的蛇蝎女，因此她决定买下一处极其昂贵的墓位，比拉马托萨的房子还要贵，用这笔多到离谱的钱买下的，还有与村镇创建者的遗骨比肩的特权：比利亚加尔博萨家族、孔德家族以及他们的表亲阿文达尼奥家族都在大理石和瓷砖砌成的高贵墓穴中安息，挤在他们中间的，是毛里利奥·卡马戈那浑蛋的漆成金丝雀黄的坟墓。外婆花了许多年才付清丧事和墓地的费用，钱是她推着三轮车在比利亚镇入口的加油站附近卖果汁一点儿一点儿赚出来的，甚至在生病时，她也会一大早就蹬着空车赶到市场，把一袋袋当季的香橙、胡萝卜、甜菜、橘子和杧果装上车。与此同时，叶塞尼娅就待在家里，照顾更小的表妹和那浑小子，他一点点长大，就是为了长成一个惹人厌的大浑球，让叶塞尼娅不得安生。叶塞尼娅作为家里最大的孩子，不得不承担起家中的各种责任，在外婆外出时照顾妹妹们和那浑小子，也正因此，在事情不顺时，在外婆觉得不合心意时，承受老太太最凶狠的辱骂和鞭打的是她，表弟干坏事时，要负责的也是她，邻居们会上门来抱怨那浑小子在店里偷了饮料，钻到人家家里，吃人家的食物，拿人家的东西，偷人家的钱，打比他小的孩子，还好玩火柴，差点儿把古埃拉斯家的鸡舍和母鸡都烧着了，总之，叶塞尼娅一直在为那浑小子惹下的祸道歉，不停在赔偿他造成的损失，成日摆出楚楚可怜的神情，还得把火往肚里咽，因为外婆从不为那浑小子偷鸡摸狗的浑事惩罚他。每当叶塞尼娅向她控诉她孙子白天惹下的一连串祸事时，她都会说，他能怎么着呢，不过是个孩子，没有坏心，你个小蜥蜴，他那都是瞎胡闹，你就任他去吧，小可怜。他爸当年也是这么调皮，那孩子像他，真是一模一样，外婆说。她的话都是假的，但她喜欢装傻，喜欢说父子俩一样，一模一样，就像两滴水，其实他们像的地方只有又蠢又坏又爱拍外婆的马屁，所以外婆会放任爷俩为所欲为，所以那浑小子也必然会变成一只野兽，只要女人们不管他，他就会上山，哪怕是深更半夜都去。不过外婆说，男孩就该这么养，这样他们将来就会天不怕地不怕，但负责把他抓回来、帮他洗澡的是叶塞尼娅，给他缝补撕烂的衣服、清除山上带回的虱子蜱虫、每天早上拖着扯着他去上学的也是她。得又捶又打，他才稍稍服从，当然，她不会当着外婆的面给他颜色，只有姐弟俩自己在家时她才会这么干。这种时候，叶塞尼娅通常已经吼累了、失控了，她揪着表弟的头发，冲着那干瘦的小身板就是一顿乱拳，好几次甚至把他扔到了墙上，希望他就那么死掉，希望这浑蛋小崽子原地爆炸，不再烦她，不再伤害她，不再用她小时候外婆给她起的那个外号来叫她。她恨透了那个外号，它像是粘在了她身上，引得全镇人都管她叫"小蜥蜴"，因为她又丑又黑又瘦，外婆说，就像一只用后腿傻站着的蜥蜴。小蜥蜴，小蜥蜴，蠢小子唱道，两腿之间毛毛稀，他在去比利亚的巴士上唱着，在排队的人群间唱着，对面那些耳朵很尖又爱说闲话的人听了大笑起来，她只好一拳打到他嘴上，闭嘴，你个该死的小滑头，接着又在能掐的地方狠狠掐了几下。她在缭绕的怒气中享受着他的皮肉在她指甲下绽开的感觉,那愉悦类似于把蚊子包抓挠出血的快感,或许在那一刻,那浑小子也感觉到了某种解脱,因为他挨揍之后通常会平静下来,甚至不再来烦她,可不用多久外婆就会发现那些淤青和抓痕,接着,叶塞尼娅为了让那小子老实下来而给他的颜色就会双倍返还到她自己身上:老太太会抄起那条用来惩罚她们的龙舌兰鞭子,蘸上水,抽她的屁股或后背,如果认尿了,不拿手去挡了,她甚至会抽你的脸,一直抽到叶塞尼娅尖叫着哀求她停下,哀求她原谅。有些时候,那火也会连带着发到"球球"或者"小火石"身上,甚至连累到"牌牌"——尽管她是最乖的一个,从不敢跟外婆顶嘴。这种时候,那小子只会呆站着看老太太打她们,骂她们是欠账的、该死的、没用的、猪狗不如的,说当初还不如让她们的婊子妈把她们都带走,或者不如把她们带到街上送人,最后都进管教所,说那里的女同性恋会用扫帚把强奸少女。该死的女同性恋,你们都是婊子,她冲她们嚷嚷。说急了,外婆就会脑子一热,把叶塞尼娅当成黑姑娘,把小火石当成芭尔比,大声控诉女孩们根本没做过的事,比如在夜里溜出门向男人卖淫——这都是该死的球球的错,因为年满十五周岁以后,她就开始夜里偷偷溜到马塔科古伊特参加舞会，跟她同去的还有古埃拉斯家最小的女儿，为了买车票和入场券，球球这让人糟心的胖妞开始从外婆钱包里偷钱，尽管只是想胡闹一下，谈谈男朋友。直到某天夜里，外婆发现球球没和姐妹们一起睡在床上，一气之下把我们全叫了起来，让我们跑遍全镇去找那小贱人，不把她带回来就要你们好看，她对我们说，于是我们跑遍了拉马托萨，挨家挨户地找，把各家看门的狗和房里的人都吵醒了，人们第二天准会说球球已经不是处女了。找了一阵，叶塞尼娅不得不一边背起牌牌，一边用脚踹着小火石催她走——小火石那时候还小，不停哭喊着说困——就这样，到凌晨两点她们还没找到球球，但又害怕外婆，所以不敢回家，只好在古埃拉斯家的院子里猫着，他们家的狗已经认识几个女孩了，没咬她们。后来几个姑娘钻进了鸡笼，惊讶地发现了该死的球球——她听说外婆生她的气了，正派姐妹们满世界找她，就吓得藏了起来。叶塞尼娅在一笼鸡毛中把她拽了出来，动静太大，惊醒了堂娜碧丽，也就是古埃拉斯姐妹们的母亲。她提出要陪姑娘们回家，说是要安抚一下堂娜蒂娜，但这只该死的老苍蝇其实只是想去煽风点火。球球进门后，外婆直盯着她看，随后瞧见堂娜碧丽也来了，不禁摇摇头，一副失望的样子，接着就叫她们都去睡觉了。可是没人敢合眼，大家都忐忑不安，不知道老太太什么时候会进屋来打她们，几个姑娘很了解她折磨人的手段：从不放过任何东西，从来都不，有时看上去已经翻篇了，其实也只是为了随后出其不意给她们一阵毒打，用那条龙舌兰鞭子，在她们已经爬上床正昏昏欲睡时狠抽她们的屁股，或在她们刚洗完澡时来一顿暴揍，就像这一回，两天之后她才对球球发作。胖妞，你还记得吗？当时你正一边唱歌一边洗澡，光着身子，湿漉漉的，她冲进去狠狠教训了你，还对你说，从那天起你就不用再去上学了，只用跟着她去卖果汁，她要让你看看挣钱有多难。对你来说，那比外婆这辈子给你的所有耳光加起来都更让你痛苦，对吗？可怜的胖妞一直都渴望能完成学业、做个老师，她当时觉得自己迟早能毕业，但最后哪件事都没做成，因为在外婆把她拽出学校的第二年，她就身体抱恙——怀上了女儿瓦内莎，就再也没能回到学校、拿到她的文凭。谁知道老太太是怎么做到只看一眼就知道你做了坏事的呢？好像她的眼睛是两道可以穿透你脑袋瓜的射线，看得透脑瓜里正在发生的所有事、你正在想的所有心思。谁知道她又是怎么做到每次体罚都能戳到你最痛处的呢？比如小蜥蜴，她永远都忘不了那晚外婆用肢解整鸡的剪刀把她剃秃的经历。那天，外婆发现叶塞尼娅也会在夜里溜出家门，其实她出门并不是为了去参加舞会或像球球那小贱人一样去和男人调情，不是，她跑出去是为了跟踪那浑小子，看他又钻到了哪儿去，她想在卑鄙的勾当——大家都在议论的事——进行当中抓他个正着，并把事情都摊开给外婆看，好让她终于看穿那该死的浑小子有多么无耻和堕落，看到他终日不是醉酒就是嗑药，在镇上跌跌跄跄四处溜达，就像那天叶塞尼娅在河边看到的那样。那天她起得很早，天蒙蒙亮就去了河里游泳，后来看见他赤着脚，光着膀子，头发糟乱像蟒蛇的巢穴，嗑药过量，所以瞳孔扩得很大，眼中布满血丝，眼神涣散，迷失在某种幻觉里，自言自语着，就像那些突然出现在公路上的疯子，他从高处往下走，漫无目的，手拿一只已锈透的铁罐，双手沾满烟垢，他问叶塞尼娅"水怎么样"时双唇绷向两端，挤出一个愚蠢的微笑，她看都没看他，气鼓鼓地想这个蠢蛋竟敢和她说话，只冷冷回了句"水很清"，就离开了，感觉一种闷闷的痛苦正穿过自己的五脏六腑。回家路上，叶塞尼娅一直在想自己本可以对他说的话，要不是他出现得太突然，叶塞尼娅本可以把三年来藏在心底的、对那个婊子妈生的该死的蠢小子的一腔控诉全倾倒出来。三年了，她第一次在村里和他狭路相逢，因为那娘炮此前一直躲她不及，那小子就像个该死的吸血鬼，和混混们厮混，只知道嗑药饮酒，夜里在比利亚公园里偷疏忽大意的过路人的钱，和其他经常出入镇口酒馆的流氓抡着酒瓶互殴，再不然就去砸碎路灯的灯泡，在公园四周朝打烊了的商店的墙壁和铁卷帘门上小便。那些小青年没有工作没有收入，无一例外都是浑蛋、废物、吃白食的，一群脑袋有病的毒虫，要是都被关进监狱就好了，沤在里面，被鸡奸，被消失，看看他们还像不像在猥亵小女孩甚至小男孩——有些小孩太不小心，在流氓群聚公园时打旁边路过——时那样雄风盎然。嗐，警察就像不知道这些浑蛋跟玛尔贝亚旅馆老板搞的那些破事似的，他们买毒品的钱就是由那些破事弄来的，买完就在公园暗处或小酒馆厕所或公路旁的夜总会或铁道的废弃仓库后面吸食。大家都知道，在那些地方，基佬们会在光天化日之下像狗一样乱搞。叶塞尼娅对这一切都了如指掌，都亲眼见过，她迫不得已去这些地方把那浑小子揪回来的次数手脚并用都数不过来。有时他会一连几天不见人影，叶塞尼娅只能去找，因为面对外婆，瞒是瞒不过去的，而且古埃拉斯家那几个该死的长舌妇总会跑过来把镇上有关浑小子的传言转述给老太太听。不过老太太会一概否认，斥之为一派胡言，说她的孙子才没有那些毛病，说他在古铁雷斯德拉托雷做摘柠檬的活计，那些有关他钻进巫婆家里乱搞的传闻纯粹是编造的故事，是有人闲着没事干、出于嫉妒而瞎编乱造的谣言。这种时候叶塞尼娅总是沉默不语，她还不敢把事实告诉外婆，不敢说出她亲眼所见的事实，不敢说出古埃拉斯家的女人们逢人就讲的一切，不敢说出芭尔比姨姨一开始就预料到的事——在外婆带着那个肮脏的小崽子回到家里的那一刻芭尔比姨姨就断言，他以后会和毛里利奥一样一身恶习，甚至比他更糟，人们都说毛里利奥舅舅做了许多丑事，说他嗜酒、堕落、靠女人养，死前最后几年沾上了毒品，甚至说他因此染上了那种把他的命都吸干的病，不过至少没人说他跟镇上的同性恋乱搞，也没人说他去巫婆的房子里鬼混，投身纵欲狂欢——一天晚上，叶塞尼娅亲眼看见了那情景，就是外婆用剪刀把她头发剃光的那一晚，事后老太太把她轰到了院子里，还说，你这样的狗就该在院子里睡。不用古埃拉斯家的女人转述，她自己就亲眼见了，之后立刻飞奔回家，叫醒外婆，把她的好孙子当时正在干的可怕勾当说了出来，想看看这能否让老太太幡然醒悟，终于意识到自己家里养了怎样的一头凶兽，从此不再把一切过错都怪到叶塞尼娅头上，不再认为她是大姐所以自然要照顾表弟，不再训斥她把古埃拉斯家长舌妇们胡编乱造的故事当真，让游手好闲的人跟着嚼舌根。外婆却根本不信她的话，反而满眼怒火瞪回来，说，该死的蜥蜴，你这该死的怎么能编造这么恶心这么可怕的谎话，你脑子有病，里面长满了毒草，你每天晚上在外面跟个荡妇一样，还要说表弟不好，你就不害臊？我得好好收拾一下你，断了你往外跑的念头，该死的狗屎。外婆用肢解整鸡的剪刀剪叶塞尼娅的头发时，她一动不动，像一只在公路上面对车灯的负鼠，生怕冰冷的剪刀剪进自己的肉里。剪完之后，她在院子里待了一整夜，就像外婆说的，成了一只狗，一只臭皮囊下面连一张跳蚤遍布的草垫都不配垫的肮脏畜生。她弄了很久才把衣服上落满的碎发抖净，才把眼里不断涌出的泪水擦干，等终于适应了夜色的黑暗，她解下晾衣服的龙舌兰绳，开始用它抽房子的外墙，直到把因潮湿而鼓起的石膏泡全部抽碎，又开始抽厨房窗户下的灌木，把灌木尽数抽得光秃秃的，还好她们那时已经不养羊了，不然她那晚能把一群羊羔抽到粉身碎骨，抽到表妹们跑出来制止。幸好那浑小子再也没回外婆家，叶塞尼娅说了，她要杀了他，而且她真的在黑暗的门厅里待了一夜，手里攥着斑驳钝化的钝砍刀，时刻准备着，要等那浑小子跟跟跄跄从路上回来时跳出来把他截住。他的脸上总是流露出那种散发邪气的微笑——对那该死的浑蛋来说，一切都很好笑，一切都不过是玩笑，甚至连叶塞尼娅对他的拳打脚踢以及外婆对他的哀告和泪水，对他而言也毫无分量，一切都无所谓，他只想着自己，可能这么说也都不准确，因为他的思考能力肯定已经被毒品夺走，他肯定已经什么都不想，也感觉不到他给所有人带来的痛苦，就像他的混账父亲——等着瞧吧，芭尔比曾说过，什么样的木桩就能砸出什么样的木屑，老虎儿子带花纹，有其父必有其子。说母老虎更好吧，黑姑娘在一旁调侃，因为那浑小子将来肯定和他那个婊子妈一样脏，镇上说的那些关于她的事更恐怖，甚至有人传，她已经害死了七个男人，同一个公司的七个司机，都染上了艾滋，七个死人，爱在这些八卦上较真的人还会提一句，算上毛里利奥舅舅的话，就是八个，最可怕的是，那个女人还活得好好的，好像她里面没病没烂一样，她的外表一如往常，皮肉没有干瘪，仍然丰腴坚挺，所以在公路旁她常去的那间棚屋里，她还是鼎鼎有名的小姐，她传说中的情人会去那儿和她相会，那男人是"暗影"团伙从北边派来掌控当地毒品销售的小年轻，开一辆贴深色窗玻璃膜的皮卡在公路上来来去去，哎呀，就是那个视频——人人都在传的那骇人听闻的视频——上面的人：那男人让一个可怜的女孩出镜，女孩瘦骨嶙峋，嗑药过量，或病入膏肓，连头都抬不起来，大家都说，那些浑蛋会在通往边境的公路上把这些可怜的女孩劫下来，扔进妓院去当性奴，一旦女孩们没法再为窑子服务，就像视频里显示的那样，宰羊羔一样杀了她们，之后再肢解，把肉卖到公路上的小酒馆去，当作上好的畜肉，做成当地名产玉米肉粽，就和外婆当年在她的小酒馆里做的那些肉粽一样，不过她做的是羊羔肉的，不是女孩肉的，纯羊羔肉，是外婆亲自在院子里宰杀肢解的，不然就是去比利亚市场向堂楚伊买的，是羊肉，不是好搬弄是非的人说的狗肉，这个狗屎镇子上总有些好妒的人，没事闲得只会编造些愚蠢的谎话，就比如古埃拉斯家的那些长舌妇，整天只想着掺和那些和她们毫不相干的事，真是一帮该死的贱女人，就因为她们，外婆不停来烦叶塞尼娅，跟她问起那浑小子，问起和他在一起的女孩，好像叶塞尼娅没别的事要做，时刻都该挂心那浑蛋似的，好像一天天地操心外婆操心食物操心衣服操心那些根本不听她话的小丫头片子——也得揪着扯着拍打着才能让她们听话——还不够她忙似的。如果不是古埃拉斯家的女人们多嘴，一切都会顺顺利利，都会照叶塞尼娅计划的进行。那是五月一日星期一，当时她在比利亚和瓦内莎在一起，无意间听见杂货铺的老板娘玛丽告诉另一位女士，当天早上，也就是几小时前，在制糖厂附近的一条灌溉渠里，巫婆的尸体被发现了，脖子被割开，肉已经腐烂，叫黑美洲鹫啄过，样子太可怕，连利古里托少校都看不下去。叶塞尼娅听见了，一时动弹不得，她难以抑制地想到自己礼拜五看到的事，就是她起早去河里游泳结果撞上赤着脚、光着膀子、踉踉跄跄在路上走的浑蛋表弟那天看到的事。那玩世不恭的家伙问她水怎么样，叶塞尼娅说水很清，之后就转身回家了，尽管她有一肚子脏话想对那浑小子说，尽管她想把他犯错造下的恶果都一股脑儿丢到他脸上，但她就只是回家去了。她没跟任何人讲那天早上她在河边遇见了他，更不敢告诉她的外婆和表妹们。几小时后，她又在那边撞见了他，就是那个礼拜五，只不过是在午后两三点的样子。当时她正站在院子里的洗衣池前使劲揉搓外婆刚尿脏了的短裤和睡衣，突然听见路上有车缓缓开过，她探头去看，瞧见一辆蓝色或灰色的小货车——车身上太多污垢，很难说清颜色——车属于那个大家叫他"蒙拉"的人，他正是生下表弟的那个老婊子的丈夫，一个一无是处的瘸子，一个吃软饭的醉汉，浑小子总是和他一道开着那辆小货车四处转悠。她一眼就认出了蒙拉，因为他那侧的窗户是摇下来的，而镇上也没别人有这样的小货车，但她没看清车里有没有其他人，或许那浑小子也来了？想回奶奶家看看也说不定。她甚至抬起手架在眼眉上又张望了一下，想确定他就在车里，但没看清。她的心越跳越猛，从早上开始，她就一直被恐惧和愤怒纠缠，她恐惧的是那个蠢货会出现在家里，刺激到外婆，她愤怒的是他一走了之给老太太带来的所有痛苦。她把衣服撂进洗衣池，一边盯着小货车，一边朝路上走去，随后惊恐地看见车在离她两百米左右的路上、差不多在巫婆家门前停了下来。炽烈的日光耀得叶塞尼娅直流眼泪，但她仍然死盯着小货车，一秒都不愿移开目光，她几乎可以肯定，自己随时会看到那浑小子从车里钻出来，但几分钟后，屋里传出了外婆的呻吟，家里没别人，叶塞尼娅只好赶回床前去照顾，女孩们此刻应该放学了，要是这几个蠢蛋不像往常那样在路上闲逛，就能早点儿到家，但她们并没到。所以叶塞尼娅过了很久才又回到院子里，看见那辆小货车停在原地，她安心了些，又冲涮起衣服，把之前泡着的拧干，并不时朝路上瞄一眼。正要把衣服拿去晒时,她看见巫婆房子的大门猛地打开,从里面出来了两个年轻人,架着第三个人,他们抓着她的胳膊,抬着她的腿,她像是晕倒了或醉到不省人事。其中一个年轻人正是她外号"路易斯·弥格尔"或"路易斯弥"的表弟毛里利奥·卡马戈·克鲁斯,叶塞尼娅百分百肯定是他,如果不是,就砍掉她一只手好了,妈的,是她把他从小带大的啊,隔着十公里她都能认出他那一头蓬乱的卷发,她也能肯定,他们抬着的人是巫婆,看身材、看她那一身黑衣就知道,从叶塞尼娅记事起,她就是那身装扮,从没变过。她也认出了和她表弟在一起的人,那也是常去公园的混混之一,她不知道他的名字,也不知道他们怎么称呼他,但知道他和表弟差不多高,一米七的样子,瘦而精壮,黑头发剪得很短,梳着男孩间时兴的鸡冠头。这一切,她都告诉了在五月一日礼拜一用一副臭脸接待她的那些警察,之后又向地方检察官的秘书重复了一遍所有内容:她表弟的姓名、他的住址、她在那个星期五早上和午后看到的事情,关于那浑小子的传言,她自己那晚偷偷跟着表弟——在他没有发觉的情况下——到巫婆家后亲眼所见的情景。叶塞尼娅叫醒外婆,把那些丑事讲给了她听但外婆却不愿相信,她想让外婆明白她的孙子究竟是怎样的败类，但老太太非但不信她，还说一切都是她编的，因为她的脑子肮脏又龌龊，因为晚上溜出去做丑事的是她自己，外婆揪着她的头发把她拽到厨房，顺手抓起那把剪整鸡用的大剪刀，有一瞬间，叶塞尼娅觉得外婆要把剪刀插进她的喉咙，于是急急闭上眼，怕亲眼看见自己的血溅在厨房地面，就在那时，她感觉到剪刀的刃瘆人地抵住她的头骨，听见刀片剪断大绺头发的咔嚓咔嚓声，她那么爱惜自己的头发，爱惜自己身上唯一美丽也叫她喜欢的地方——又垂又密的黑发，她的表妹们都无比嫉妒，因为那么直那么漂亮，像电视剧里演员的头发而不像表妹们和外婆的头发那样又硬又弯又黑又卷，老太太说那是羊羔毛，连绿眼睛的芭尔比都比不了，她总炫耀自己有意大利血统，但也没逃过一头丑发的命运，只有叶塞尼娅，只有小蜥蜴这个家里最丑、最黑、最瘦的女孩有这样一头秀发，披在肩上仿佛丝绸幕帘，好似深蓝近黑的天鹅绒瀑布，可就在那一晚，它被外婆剪掉了，老太太把她剪成了精神病院里疯子才留的发型，好给她个教训，看她晚上还会不会溜出去找男人，为了那头长发，叶塞尼娅一边抖衣服一边哭了很久，之后抓起龙舌兰绳子，狠狠抽了一通房子的外壁和窗下的灌木，直到把它们抽到和她一样秃才罢休。那会儿她已经不哭了，不愤怒也不悲伤，只在一片寂静中听着外婆如何在房间里为孙子哀叹，老人的每一记呻吟、每一下啜泣，都像一把把冰冷的尖刀插进叶塞尼娅的心脏。所有错都是那浑小子犯下的，她想，那浑蛋最后肯定会害死外婆。对叶塞尼娅来说，好坏不论，外婆都是母亲一样的人，现在黑姑娘和芭尔比都不再打来电话，不再寄钱过来，就好像不再记得她们了。那浑小子必须得死，叶塞尼娅已经准备好干掉他。她要在院子的暗处清醒地蹲守，趁他像从前一样在清晨时偷溜进家门的那一刻把他截住，用那把在洗衣池下面找到的生锈的砍刀，用已经钝了锈了的刀刃，割开他的脸和脖子，一边割一边对他说，哎，蠢蛋，你的好日子到头了，以后再也不能嘲笑我外婆了。杀了他之后，她会在院子中间挖一个坑，把他埋了，要是外婆想告发她，她也乐意让警察把自己带走，那时她会非常平静，因为自己已完成了使命，她已经从那天杀的手里把她的外婆救了出来。但那天晚上，那浑蛋并没有回家，第二天也没有，那整个星期、那一整个月都没有回。他再也没有回这个家，甚至没有回来拿他的衣服和其他东西，更没有回来向老太太道别，向她道谢，感谢她一直以来为他做的一切，最后，是古埃拉斯家的那些蠢货跑来告诉外婆，说他现在和他妈一起住，说那婊子完全不管他，他可以随心所欲地忙活自己下三滥的勾当，所以他更想和他妈妈一起住，而不是回到奶奶家，回到一直以来把他当自己儿子抚养的奶奶身边。老太太因此受了极大的心伤，一蹶不振，两星期后突发脑溢血，一夜间就半身不遂了，一年之后，又在洗澡时摔倒，再也没能站起来，天知道她如果得知那浑小子是杀人凶手、要被抓进监狱改造的消息之后会怎么样，她那么傻，肯定要去看他，给他带钱、带吃的，甚至带烟，就像当年对坐牢的毛里利奥舅舅做的那样，她也肯定会让叶塞尼娅帮她穿好衣裳，叫辆出租车，把她送到比利亚的军区，好像去那儿的车费会很便宜似的，可怜的老太太肯定还相信自己有力气走路，但她已经在床上躺了两年没起来过了，后背和臀部的褥疮就是证明。不行，外婆不能知道那小子是杀人凶手，更不能知道是叶塞尼娅去警察局检举的，不能知道是她在五月一日星期一去军区揭发了他，交代了他的全名和地址，让他们去逮捕他；听了杂货店老板娘说的传闻后，她愣了好几分钟，想到如果她胆敢把星期五早上和午后的见闻告诉警察会怎么样，想到外婆得到消息后会说些什么，也想了想自己对那个愚蠢浑蛋的满腔恨意和想要看他在监狱里改造的强烈愿望，瓦内莎在一旁呆看着她，被表姨一脸紧张神色吓得不轻。回家去吧，终于，叶塞尼娅朝她下达了命令，直接回家，现在就走，告诉你妈还有姨姨们，都待在家别出来，也别让任何人进家门，任何人都不行，听见了吗？尤其不能让该死的古埃拉斯家的人进去，那些下贱的臭婊子，谁知道她们怎么消息那么灵通，好像头上长了天线，或许那些贱嘴巴人人都是半个巫婆，一帮臭老娘们，明知每次听到浑小子的消息老太太都会郁闷难耐，怎么能跑去把一切都告诉老人家呢？讲出他被关进监狱之前，她们就不会先好好掂量下吗？她们不会知道是叶塞尼娅告发的表弟，对吧？那外婆究竟是怎么该死地知道是她指认的呢？叶塞尼娅满眼泪水地俯下身去，想看看外婆怎么样了，刚看到她的眼睛，就明白她已经知道了。那时天色已晚，因为那些浑蛋警察把她带到公诉人办公室让她重述了一遍事实，而后那个蠢货秘书又用了一辈子那么久才把证词打好让她签字，所以待她回到拉马托萨时已经入夜，看见外婆家灯火通明，她立刻明白大事不妙，便飞奔过去，跑进外婆的房间，看见她在床上扭作一团，张着嘴，像是在嘶吼时被冻住了，圆睁的双眼瞪着天花板。这时长了一副狗脸的球球过来跟她讲了事情经过：几小时前外婆又脑溢血发作了，哭得，因为古埃拉斯家的那些贱货下午来了家里，告诉了她警察抓走浑小子的传闻，说是指控他杀了巫婆，并把尸体扔进了灌溉渠里。叶塞尼娅恨不得给球球几拳，她怎么能那么不小心？她之前已经让瓦内莎传话了，叫大家都待在家里，不让任何人进门，尤其是那几个贱人，她他妈的怎么就让那些老贱货进了家门？那时她才意识到，围着外婆床榻的那一圈内疚的脸孔里，根本没有狗娘养的该死的瓦内莎，那个小贱货肯定趁着表姨给她自由跑去见男朋友了，见那个总在她学校门口晃来晃去的抽大麻的发情小青年了。叶塞尼娅没有办法，只好离开房间，穿过门槛，上路出发，来到古埃拉斯家，一边拳打脚踢撞门，一边大叫道：老贱货，管闲事的长舌妇，脑子进水了吗？跑去说些狗屎闲话烦我家老太太。她只能这么做，不然就是回家把球球臭揍一顿，只怪她生下那么个又蠢又贱的臭丫头，连最简单的命令都不会听。古埃拉斯家的人吓到不敢开门，甚至不敢把头探出窗看，她们可知道，要是哪句话答得不对，叶塞尼娅能把她们家的墙踹倒，于是只得猫在里面，连圣母像前的蜡烛都不敢点，甚至等到对方喊累了，回了家，她们也不敢上前去把烛火点亮。叶塞尼娅踏进家门，无可奈何地在表妹和外甥女中间坐下，和她们一起等待去比利亚叫医生的小火石回来,同时也在等瓦内莎那个蠢丫头。叶塞尼娅已经备好蘸了水的龙舌兰鞭子,等那丫头一进门,就要好好抽她一顿。外婆重重喘着气,为活下去挣扎着,她已经说不了话,眼睛死盯着天花板。叶塞尼娅把老太太的脑袋放在自己膝头,想抚摸一下她粗糙的白发,告诉她一切都好,一切都会好起来的,医生马上就会来给她治病,再坚持一下,要为了她、为了她们、为了爱她的外孙女们坚强一点,但她的话还没到嘴边就已干涸,因为就在那一刻,老太太把目光从天花板移开,把混浊的眼眸钉在了叶塞尼娅的眼里。不知怎么回事,也不知通过哪种方式,叶塞尼娅瞬间明白了,上帝啊,她的外婆看着她,就像已经知道了她干的事,就像可以读出她的思绪,明了是她告发的浑小子,是她告诉比利亚警察那个浑蛋的住址好让他们去抓他。她在老人越发愤怒的眼光里越陷越深,于是也明白了,外婆正押上自己的全部灵魂来恨她,与此同时,也在狠狠诅咒她。叶塞尼娅提起游丝般的声音,想向她道歉,想向她解释这一切都是为了她好,但为时已晚:再一次地,外婆击中了叶塞尼娅最疼的地方——就在那一刻,她死了,在她长外孙女的怀抱里,怀着汹涌的恨意,颤抖着死掉了。

四 继父

事实上，事实上，事实上，他什么都没看见，他能以已逝母亲的名义发誓，能以上帝的名义发誓，他什么都没看见，他甚至不知道那些浑蛋背着他都干了什么，没有拐杖他根本都下不了小货车，而且那小子之前已告诉过他，要他在方向盘后面待着，机灵点儿，不要熄火，不要挪车，用不了几分钟他们就走人，至少蒙拉是这么理解的，再之后的事他就不知道了，他没下车，更没有回过头往敞开的车门外瞧，虽然他很想看，但还是抵御住了往后视镜瞟一眼的诱惑，因为他实在太怕了。因为天突然黑下来，疾风推着漫天的乌云往山丘移去，把种植园里的甘蔗都压弯到了地上，他想，雨应该马上要下起来了，他甚至清楚地看见那道无声的闪电如何在团团黑云中突然显现，如何落到那棵树上，在绝对的寂静中将它烧焦，那寂静太浓太稠，有那么一刻，他甚至觉得自己变成了聋子，因为当时他唯一能听到的声音是在他脑袋中回荡的干枯嗡鸣，小伙子们猛晃了他一阵他才有了反应，那时他才意识到自己并没有聋，意识到那两个浑小子正大喊着让他加速、加速，对，该死的瘸子，油门踩到底，那女的已经完蛋了，得赶快走，开到通往河边的那个岔路口，绕瓦卡斯河滩开一段，从墓地那一侧进入比利亚，通过主路穿过镇中心，路过唯一一个红绿灯，路过那个公园，再回到公路上，往拉马托萨开去。整个过程他都在想，到家后拿一瓶甘蔗酒爬上床喝到不省人事该有多舒服，他想忘掉一切，甚至忘掉恰贝拉已经好几天没有回家，忘掉全速逃离向那个岔路口飞驶时车灯如何将周遭的黑暗衬得更加浓稠，忘掉那些浑小子如何说着他听不懂的笑话一路上大笑不止。最后，当他终于躺上了床，却只想来一片路易斯弥常嗑的药，因为他每次闭上眼试图入睡，身体就会颤抖，胃就会痉挛，床就会消失，仿佛自己正坠在悬崖边沿，就要落入深渊。他立刻睁开眼，翻个身，再次试着入睡，再次感到天旋地转，想给恰贝拉打电话，但对方还是无法接通，就这样，他熬过了一整夜，后来想，最好还是穿过院子，去找路易斯弥要一片药来吃，看看这样是不是能一觉睡到中午，但是他又完全清楚，没有拐杖，自己根本不可能穿过院中的黑暗走到对方的房间，所以也只好继续忍耐，继续在床上不停翻身，直到终于打了一个毛躁的盹儿，昏昏沉沉睡到远处的公鸡开始打鸣，太阳在窗子后面升起。他不想起来，但也无法忍受房间里的闷热、自己身体的恶臭，还有他和恰贝拉那张空荡荡的床，所以他抓着家具，扶着墙，挣扎着站了起来，跑到院里去撒了泡尿，洗了把脸。也不知道几点了，不过那小子还没动静，估计一整天都不会动弹，蒙拉从院子里看见他了，横在几乎占据了整个房间——他说那儿是他的"小窝"——地面的床垫上，张着嘴，半闭着的眼皮肿胀呈青紫色。昨晚吞了那么多药，肯定得过了明天才能醒，果不其然，该死的路易斯弥礼拜日晚上才活过来，蒙拉看见他跟跟跄跄穿过院子，走上连通公路的小路，他肯定要想办法在公路上弄点儿钱，好买他那些该死的药片。蒙拉一直没弄懂那家伙究竟为什么喜欢那种破烂药片：怎么会有人愿意整天都像个傻子一样，舌头贴着上腭，脑子一片空白，跟没信号的电视一样？喝酒的话，至少好事会成倍地好，坏事也会变得能够忍受，抽大麻也差不多是这个意思，蒙拉想，但路易斯弥每天吃糖一样往嘴里塞的那些药片，换他吃只会让他犯困，让他特别想爬上床睡觉，还会让他睡得很香，仅此而已，一点儿都不像大家说的那样，会像抽鸦片似的引发疯狂的梦境或触发幻觉，都不会，只会让他坠入非常深沉散漫的梦境，醒来后渴得要命，脑袋剧痛，眼睛肿到睁不开，记不得自己是怎么爬上床的，也不清楚为什么自己又脏又臭还把屎拉在了身下，不清楚究竟是谁把你的脸打得稀烂。该死的路易斯弥总说那些药片让他舒服、平静、正常、不焦虑、不发抖，甚至不再想把指头掰得咔咔响，也不会想把脖子扭到发出咔嗒一声。他从小就这么干，脖子一歪把头像鞭子一样甩向一侧，他说只有吃了那些药之后才不想这么做，一旦停药，他就会开始颤抖，开始痉挛，开始产生各种糟透了的感觉，比如觉得墙壁在动，就要砸到自己身上，再比如觉得烟草抽起来索然无味，或者胸口锁紧，就要窒息，总之，纯粹都是那小子为了不停往嘴里塞狗屁药片而胡扯的借口，甚至在把那个诺尔玛带到他的"小窝"来住的时候，他也没能完全停止服药，虽然头几天他倒真的相信自己不会再嗑任何药了，说只喝啤酒、抽大麻，不吃任何药片，但没过三个礼拜，那个操蛋诺尔玛就背叛了他，要把警察招来，让他们为了一些他根本没做的错事把他关进监狱去，其实他唯一的罪就是试图帮助那该死的小两面派，结果惹来一身麻烦、一堆冲突。那个小丫头给蒙拉留下的印象一直都不好，他总觉得她假，一副从没打碎过一个盘子的乖小孩样，一口发嗲的小嗓音，连恰贝拉都被骗过去了，谁能想到呢？恰贝拉自诩对"王者之剑"酒吧里那些女人有的没的花花肠子都了如指掌，但也没逃过小贱货诺尔玛的骗局：她刚来家里两天，恰贝拉就开始说，那姑娘就像她一直想要的那种女儿，她太好了，太能干了，太勤快了，来来回回说了那么多个"太"，狗娘养的，蒙拉听她说着，咂巴咂巴嘴，觉得自己老婆吐出那么多躺甜的话有些恶心。他讨厌看见她在家，在炉子前做饭，洗盘子，屁颠屁颠地跟在恰贝拉后面转，嘴边挂几丝虚伪的笑，圆鼓鼓红扑扑的印地安人脸上一副假装纯真的表情，恰贝拉说什么就做什么。那丫头看起来那么听话，他女人被骗得团团转，甚至忘了现在家里有了两个而不是一个懒汉要养，实话说，家里一派祥和的景象让蒙拉觉得其中一定有诈，不停琢磨那丫头到底在搞什么鬼，她他妈的是从哪儿钻出来的？为什么他妈的要和那个臭小子在一起？天生一对这种事还是让他奶奶去相信好了：那小子长了一张饿死鬼的脸，什么样的女人在精神正常的情况下会愿意和他一起住在院子尽头那小破屋里？蒙拉可以肯定，整件事里有些相当扭曲的东西，不过最后还是决定什么都不说，因为无论怎样，该死的路易斯弥都会想干什么就干什么，干吗要白费口舌呢？他其实已经试着提醒过他一次，那天下午，路易斯弥过来请他帮忙，请他带自己去比利亚的药店买药，说诺尔玛流了很多血，疼得不行，要吃药来缓解，蒙拉马上想到这是那丫头片子的把戏，为的就是让他们傻呵呵地给她花钱，他当时就说了那小子，说他怎么这么容易就让人耍了。他不知道那很正常吗？每个月女人下面都流血，根本不用吃药，路易斯弥在拉马托萨、在堂娜孔查的店里就能给她买到那种棉巾，干吗还要跑去比利亚？他就这么傻吗？但那小子很犟，偏说诺尔玛情况不一样，她难受得不行，都发烧了，不过最后蒙拉还是说服他情况正常，把那小子劝回了自己的"小窝"。蒙拉看见两个人一起躺在那张脏乎乎的床垫上，路易斯弥紧紧抱着她，好像她就要死了似的。真滑稽啊这丫头，蒙拉想，可谁能想到呢，事情真的很严重，当天夜里把他吓得够呛，当时那小子过来叫门，几乎把门给踹掉了，他怀里抱着诺尔玛，她皮肤发绿，嘴唇煞白，眼睛中了邪一样深陷下去，鲜血止不住地顺着大腿往下流，滴答淌了一地，那小子疯了似的说床垫上一大摊血，诺尔玛失血过多，求他帮帮忙，带他们去比利亚的医院，蒙拉对路易斯弥说可以，但得在诺尔玛身子底下垫些什么，草垫或者被子，他怕她的血把小货车的座位弄脏，路易斯弥照做了，但没铺好，后来整个椅面都被弄得脏污一片，只不过那晚之后发生的事让蒙拉再没机会骂那浑小子或者让他把一切都打扫干净了。当晚把诺尔玛送到医院后,两人就在外面傻等,等人出来告诉他们她怎么样了,就这样,在花圃边上一直坐到隔日中午十二点,坐到绝望终于战胜了路易斯弥,敦促他再次走入医院,去问到底发生了什么,怎么没人告诉他们情况如何,十五分钟后,那小子回来了,哭丧着脸,像被臭揍了一顿的狗,说有一个社工要把他们告到警察局去,但回拉马托萨的路上他不再给蒙拉讲具体细节,甚至在萨拉胡安娜的店里都不愿再开口,他想请那小子喝一杯,萨拉[1]该死的愣头孙女端上来的啤酒几乎是常温的。我不愿你再回来,收音机里唱道,更想让自己的双手捧着失败,蒙拉最烦兰切拉抒情曲,昨天还在不停把你的名字念,为什么不放萨尔萨舞曲,今日却绝口不再提,但是说真的,谁能想到呢,那小子的眼睛一点点变得呆滞又通红,好像他随时要开始尖叫,蒙拉甚至觉得诺尔玛可能死了,或者情况严重,需要进行非常昂贵的复杂手术。三瓶啤酒下肚后,那小子还是什么都不说,之后那一整天也没告诉他一个字,甚至在蒙拉带他到比利亚一家一家酒馆挨

---

[1] 萨拉是萨拉胡安娜的简称。

个儿找终于找到威利、买了他三个礼拜没碰过的破烂药片之后,他也什么都没说。不知道路易斯弥一口气吃了多少药,很快人就栽在地上,完全失去了意识,蒙拉只得叫来好几个小伙子帮忙,把他抬上小货车,开到拉马托萨后,蒙拉怎么都叫不醒他,也没法一个人把他抬下来,于是当晚就让他睡在了车里。蒙拉早上醒来,也不知道自己睡了几个小时,手机没电关机了,恰贝拉干活儿还没回来,这让蒙拉有点儿不安:她最近总是一连两三天地消失,跟她的客人到处快活,但这贱人都不告诉他一声。他想给手机充上电,马上打给他女人,控诉对方抛弃了自己,但就在弯腰去找床边的充电器时,一股恶心上涌,让他险些一头栽倒,于是他决定再在床上赖一阵,床单透着他女人的体香,好像那贱人半夜偷偷溜回来过,在继续上街工作前用自己的体香爱抚过他,或是在他睡觉时回了家,只站在卧室门口看着他,好像浸在那狂暴的寂静中的一个黑影,对蒙拉来说,那比突然发出的吼叫更吓人,于是他开始给她讲前一晚发生的事:我的宝贝儿,诺尔玛流了很多血,那浑小子只好把她送到医院去了,那个小贱人看上去像是死了,那些人就叫了警察来抓我们,那些操蛋家伙……但很快,他就发现自己是在自言自语,房间里没有任何人,他以为是恰贝拉的那个黑影已经蒸发无踪,手机插上充电器、开机之后,他发现恰贝拉一条短信都没给他发,一条都没,一个解释都没有,甚至他妈的连句街都没骂。他拨了她的号码,一连五次都直接转到了语音信箱,他穿上从地上捡起来的一件衬衣、一条裤子,找到他的拐杖——谁知道是怎么给塞到床底下去的——走出房门,去看那小子还活着没有,可别在他的卡车里吐得到处都是。他还在那儿,还在,缩在副驾上,大张着嘴,半闭着眼,头发贴在玻璃上。小子哎,他一边叫,一边用手掌拍车窗,想在开车门前让对方给个反应,车里热得不行,那浑蛋怎么忍得了里面那种热,怎么忍得了正顺额头往下淌、把一身衣裳都浸透了的臭汗?小子,醒醒酒去,蒙拉一边说一边点着了发动机,对方点点头,一眼都没看他,蒙拉也没问他带没带钱,他知道路易斯弥没钱,但他自己实在需要一碗热汤和一瓶啤酒,好缓解正锤击他大脑的一跳一跳的头痛,再者说,他也想让那小子和他讲讲跟诺尔玛之间到底怎么了,不过他很快就后悔请了他,因为那浑小子一杯接一杯地只点啤酒,就跟在萨拉胡安娜那边似的,那边两瓶红海龟只要三十块,在这儿,在卢佩·拉·卡雷拉的塔可饼摊位,一瓶就要卖二十五块,不过话说回来,这个价也值,大家都知道卢佩·拉·卡雷拉用狗肉做的羊汤是最好吃的，对蒙拉来说，那些他在残齿间慢慢咀嚼的鲜嫩多汁的肉是羊肉、狗肉还是人肉都无所谓，最重要的是卢佩·拉·卡雷拉用她那双巧手做的酱汁太美味了，其中饱含治愈人心的配料，入口就让他焕然振作、重新为人，甚至足以把恰贝拉随时会回家的希望归还给他：或许她只是在和几个客人快活，没必要大惊小怪，也不用觉得那婊子到头来终于要抛弃他了，对不对？他甚至想去比利亚，到孔查·朵拉达的店里转一圈，跟那帮朋友打个招呼，好好地享受这一天，但该死的那浑小子看起来还是颓废极了，脑袋歪斜，胳膊垂在两侧，汤一口没动，勺子放在星星点点落满洋葱碎和香菜碎的木桌上也没碰过。哎，小子，蒙拉憋着一肚子火叫他，那小子的呆傻样总是让他气不顺，不过很多时候，那浑小子变成那副样子并不是因为和人在公园或酒馆喝大酒喝到尽兴了，而是为了不和人说话、不听人说话，为了沉浸在自己的世界里，与世隔绝，这惹得蒙拉时而想揍他一顿，好让他给点儿反应，不过他也知道这根本没用，那浑小子已经长大了，知道自己在干什么、惹了什么麻烦，比如诺尔玛这件事。小子，他说，你女人怎么了？该死的路易斯弥只是把肩膀沉下去，胳膊肘撑在桌上，开始不住地捋他的一头乱发。蒙拉继续问，哎呀，见鬼，怎么了？妈的发生什么了？那小子——跟他那婊子妈一样夸张，母子俩真是一模一样——深吸一口气，摇了摇头，把一整瓶啤酒灌下去，又跟卢佩·拉·卡雷拉打手势，让她拿第三瓶来——婊子养的，一瓶就要二十五——等着店家给他开瓶，然后才开始跟蒙拉讲到底发生了什么：他走进急诊大厅，去问诺尔玛怎么样了，每个护士都一副臭脸，后来她们把他带到一个染了金发的女人面前，对方自我介绍说是医院的社工，管他要诺尔玛的身份证件、出生证明，还有他和诺尔玛的合法婚姻证明，他什么都没有，当然什么都没有，接着那个女人说警察已经在路上了，要逮捕他，罪名是强奸幼女，谁知道医院的人是怎么得知诺尔玛不但未成年，而且只有十三岁的……蒙拉刚喝下一口酒，听到那小子的话，呛了个正着，猛烈咳嗽起来，他真不知道诺尔玛原来这么小，几乎还是小女孩，妈的，他根本就没注意到，哎呀，可能因为她胖胖壮壮的吧。见鬼，你真他妈完蛋了，小子，他终于止住咳嗽，挤出这么一句，你个蠢蛋，怎么想的，和一个十三岁的小姑娘搞在一起，他们没把你抓进局子里都算奇迹，你知道，不能和这么小的姑娘结婚，浑蛋。那小子还傻愣愣地说，可以啊，诺尔玛不是小女孩，是个女人，很成熟，可以决定自己跟谁在一起，不然我奶奶怎么十三岁就和人结婚了，和我黑姑娘姨姨的爸结婚了。蒙拉捋了捋小胡子，小子，你说这个没鸟用，那是以前，法律改了，你个小畜生，现在不行了，哪怕父母同意，你也不能和一个这么小的姑娘结婚，醒醒吧，这事就算完了，别想她了，她一身麻烦，肯定是她告诉的社工，让他们搞你，那些臭婊子就这副德行，他说。但那浑小子根本没在听，他只是不停摇头，否认一切，也没认真思考。不行，他说，他不能抛弃她，他得想办法把她弄出来、救出来，因为那可怜的姑娘除了他就没别人了，他不能辜负她，现在尤其不能，他们可是怀上了孩子啊，他虽然还不知道该怎么做，但坚信自己可以想出把她带离医院、两人重聚的办法。他嘴里嘟哝着这些蠢话，蒙拉就在一边默默看着，想着诺尔玛鲜血横流的大腿和她在货车后座留下的大片血迹，随即开始怀疑那丫头是不是真的怀孕了，是不是怀过孕，是不是肚子里都是坏水，这帮贱女人，没一个不喜欢搞这出戏，就为了拴住男人，折磨他们。不过他这话没说出声，因为说到底，这闹剧和他有什么该死的关系，诺尔玛、路易斯弥还有他们口中的孩子都不是他的问题。路易斯弥已经傻了，用不着蒙拉再去哄他、照顾他，告诉他什么该做什么不该做，再说了，以前这浑小子也总瞧不起蒙拉给他的无私建议，总由着自己天杀的性子来，不愿听取继父口中的智慧之谈，跟恰贝拉一模一样，一模一样的两个蠢蛋，比驴还倔，而且还很自大：我什么都不能跟他们说，说什么都能吵起来，每次让步的人也都是我，一脸屄样，甚至还要为冒犯了他们而道歉。比如一年前，蒙拉找着了一项差事，给比利亚加尔博萨的镇长选举候选人做推广，每拉来一位投票注册者，党——也就是政府——都会给他一笔现金，他由此还结交了许多政界人士，举足轻重的大人物在街上走着都会认出他来，向他招手问好，不像村里那群人那样叫他蒙拉，而是称呼他为堂伊萨伊亚斯。有段时间他甚至有了些名气，一天，当时的比利亚加尔博萨的镇长候选人，阿道弗·佩雷斯·普列托先生本人，甚至主动提出要和他蒙拉合影，那天他穿着一件印有党徽的短袖衬衫，戴着印有佩雷斯·普列托名字的棒球帽，甚至还有人从不知哪里拿出了一把轮椅让他坐下，好让佩雷斯·普列托推着他出镜，画面中两人都在微笑，后来他们把照片投放在公路旁醒目的广告牌上，就在从马塔科古伊特方向进入比利亚的入口那儿。以前蒙拉从没见过自己的脸被放大到那么大，广告牌上还写着一句话，好像是"佩雷斯·普列托绝对说到做到"，他真的说到做到了，因为拍完照之后，他们就把轮椅送给了蒙拉，尽管他并不喜欢轮椅，他觉得轮椅让自己显得像个傻缺残疾佬，像个腐朽的残废，不能靠自己行动，事实上，蒙拉自己可以走得很好，甚至不用拐杖都行，妈的，什么都不用也可以走，他的两条腿完完整整的，一条挨着另一条，就是左腿有一丁点儿歪，是吧？比右腿要稍微短一点点，有点儿往里缩，但灵活得很，在身上长得好好的，结实得很，不是吗？这帮浑蛋。他真的不需要什么轮椅，对不对？所以他把它卖了。他有拐杖，有小货车，能带他去任何想去的地方，这就够了，话说回来，那份工作只持续了半年，真可惜啊，他赚了不少钱，要做的只是在政治集会上给佩雷斯·普列托鼓掌，无论他说什么都鼓掌，摇摇木铃，叫叫好，嘀里嘀邦，乒乓邦，佩雷斯·普列托，佩雷斯·普列托，啦啦啦，这样就行，真的，只用干这个，党的人就会付给他每天两百块工钱，他每拉一个人来注册投票，还额外再付两百，每星期给加好多汽油，发好多农具甚至建筑工具，要知道，蒙拉这辈子都没给任何人投过票，或许正因此，他才很轻易地开了口，想劝动恰贝拉，劝说她也做拉票人，他想着，在"王者之剑"酒吧临时接活儿的女人和顾客很多,她可以发展很多人来注册,能额外挣一笔,谁会嫌钱多?没想到恰贝拉一下急了,好像他不是在给她提建议,而是在骂"恰贝拉操你妈":她气得要命,在街上就冲他吼起来,说他真是该死的傻瓜、蠢货,大脑进了水,怎么能觉得她,她,会跟他一样,跟着党的那群狗到处乞讨,他妈的浑蛋蒙拉,你个没娘养的没尊严的不要脸的狗,唯一会做的事就是让人可怜你,滚,操你妈,你是以为我有时间跟在他妈的佩雷斯·娘炮的屁股后面闻他的屁?她就这样在孔查·朵拉达的店门外破口大骂,让过路人笑得停不下来,笑他俩的样子,也笑恰贝拉对他的侮辱和嘲笑,蒙拉只能把火气咽下去,因为他知道,在公共场合试图和他女人吵架是没用的,或者说无异于自杀行为,就像是吞下一颗拉了线的手榴弹。所以他什么都没说,只是默默发誓,以后再也不会邀请他女人做任何事,也绝不会用自己在选举中正直又诚恳地赚下的钱给她买任何东西,天杀的蠢货恰贝拉,又懒又坏又自大。让他万万没想到的是,路易斯弥那浑小子也急了,跟他妈一样的反应。他一直以来都保持着自己的传统:没工作,没钱,甚至不知道自己这辈子想干吗,恰贝拉也只会骂他,说他总是没钱,从不为家里做事，也从不付租金，浑小子，想靠着她活到什么时候，他已经十八岁了，现在应该他挣钱来养妈，养这个为他做出牺牲忍着剧痛把他生下来的妈，让她不用再去工作，可他每天只会跑去搞巫婆，或在公路上的小酒馆喝酒，或在公园和那帮小流氓鬼混，把他那点儿钱都花在满足自己的恶习上。所以蒙拉才一时兴起邀请那小子去为选举造势：走吧，他对他说，你看，这对你很有好处，只用干到选举结束，你要是不愿意，都不用把票投给佩雷斯·普列托那浑蛋，只消去参加一下助选活动，让他们看见你的人在，在那儿待着，看看会免费发些什么东西，没想到那个倔小子拒绝了他，说不愿意去，说他妈的政治就是一坨屎，他可不想为了区区三比索就去给人点头哈腰，他还是想再等等，看最后能不能去做人家承诺给他的那个公司的工作，那个公司的好工作。真是做美梦呢，不知道他从哪儿扯出的这码子事，说是让他去帕罗加丘的油田里干活儿，他说自己要去做技术员，可以享受石油工人工会发放的各种福利，蒙拉劝他要现实些，说这是不可能的事，因为从很多年前开始，石油公司就只雇用现有员工的直系亲属或工会领导推荐的人，其他人一概不考虑了，而且那浑小子对油井和石油化工一无所知，连中学都没上完，再说了，他那么瘦，像条蝶螈似的，还没要搬运的油桶的一半重呢，可蒙拉怎么说都没用，他没法让对方明白，那份工作的承诺虚无缥缈，最好不要把幻想养得越来越肥，说到底，都怪那个说要把他塞进公司去的所谓的工程师朋友。哎呀，那浑小子真是一口吞下人家画的大饼，给脑子蒙上罩子，最后是要付出惨重代价的，因为他一直钉在原地不动，只等着工程师的话兑现，这几年放走了好多好机会，比如恰贝拉那个客户给他介绍的那份工作。她说的那位先生有自己的运输拖车队，有天听恰贝拉抱怨自己的儿子找不到活儿干，又懒又没用，要靠她养，便跟恰贝拉说，他要跑一趟边境，正好缺个帮手，为什么不问问那孩子愿不愿跟他走一趟呢，第二天一早出发，看看他喜不喜欢那份工，如果孩子能力不错，或许还能帮他拿个驾照，让他做上司机。那天恰贝拉回家时激动得不得了，止不住地高兴，想着自己终于找到了办法，终于可以摆脱这个游手好闲的儿子了，没想到，那浑蛋畜生竟然说不去，说想都别想，他没兴趣给人做帮手，也不想去运货，他要等他的工程师朋友带他进公司。恰贝拉一听，就狠狠捶了他一顿，甚至把他的衣裳都扯破了，一边打他一边吼，说他和他爸一样蠢，一样狗屁不如，一样是寄生虫，活着还不如死了，场面一度失控，有那么一刻，蒙拉甚至觉得那小子要冲恰贝拉还手了，他疯了似的瞪着她，试图自卫时把拳头举得老高，幸运的是什么都没发生，还好还好，蒙拉最怕的就是卷进两人的冲突，他很多年前就已经明白，最好让这对母子把自己想说的话都吼出来，因为他们就像两条不讲道理的疯狗，不把猎物撕得粉碎就绝不会松口，他要是瞎掺和，最后两人都来咬他，那他就太傻了，不行，绝对不行，操他妈的，既然他们两人最后还是想干吗就干吗，何必浪费时间去说服那小子拖车运输队挣得又多，又有机会到处走，又能认识很多女人呢？那些家伙从不在一个地方久留，总是在全国各地跑来跑去，绝不会在难耐的酷暑困在穷乡僻壤，说破嘴，那浑蛋最后还是会摆出等待公司美差从天而降这种愚蠢的理由，推说自己走不开，既然如此，又何必给他描绘那幅五光十色的前景呢？蒙拉简直难以相信，那小子竟然蠢到认为那事是真的，蠢到盲信一个陌生人的承诺，说到底，那个据他说是他朋友的工程师究竟是谁啊，这么厉害、权威的人为什么要帮一个一无是处的臭小子呢？他们又不是亲戚。好几次他都想问他，那个工程师帮他那么大的忙，作为交换，人家从他这儿能得什么好处？这么大的人情，他要怎么还？不过蒙拉也想象得出对方会怎么答,所以还是继续装傻比较好,关他该死的什么事,他甚至都懒得再想。那小子就愿意做自己的美梦,不愿接受这一切不过是他所谓的工程师朋友画下的大饼,要知道人家已经几个月没接过他电话了,但他就是愿意继续相信圣诞老人和东方三博士[1],有什么办法?话说回来,每个人想怎么过就怎么过,能怎么过就怎么过,对吧?他有什么权利干涉那小子的生活?完全没有,对不对?就让他爱干吗干吗去吧,唉,他已经大了,不应该还觉得生活就像电视里演的、童话里讲的那样,他自己早晚会明白,会发现石油公司的工作不过是个人幻想,他最终也会接受,他和诺尔玛的事也是一场空,那小丫头现在已经是医院和政府的问题了,路易斯弥应该做的,就是离这些麻烦远远的,之后再找个真正的老婆,一个女人,不是像该死的诺尔玛那样的女孩——开始看着挺好,一旦觉得水淹到了脖子,就把自己男人扔进狮子嘴里,那些丫头都是劣等货,小子,一群玩过家家的蠢姑娘,你看,你得去找一个真正的老婆,会照顾你的、会工作的,像恰贝拉这样的。路易斯

---

[1] 据《圣经·马太福音》第二章,耶稣降生后,有东方三博士前来朝拜,天主教国家通常会在1月6日主显节进行庆祝,孩子们会收到来自"三博士"的礼物。

弥眼泪汪汪，就在肉汤铺子前，几乎是怒吼着回答他，说他永远不会抛弃诺尔玛，他宁死也不愿两人被分开，惹得站在铁箅子前的卢佩·拉·卡雷拉都抬眼往这边瞧，一副到底什么情况的表情。好吧，好吧，蒙拉心烦意乱地嘟哝了两句。从他们认识起，那小子就吊儿郎当的，没办法让他对什么事认真起来，他只在乎他的药片，只在乎和那些小流氓鬼混。好吧，好吧，蒙拉重复着，突然灵机一动，用手指轻蔑地指着那小子说，你知道我想什么呢？路易斯弥立刻感觉到对方不怀好意，什么，他吼道，你想什么呢？蠢货，我想的是，他妈的诺尔玛给你灌迷魂汤关我什么事。操你妈，路易斯弥嘟哝道。你别装傻了，蒙拉讽刺他说，你明白我说的是什么，你知道那些女人想缠住你的时候会做什么，她们会取几滴自己的臭血，滴到水里或者汤里，或者在你睡着时抹在你的脚后跟上，只用这样就可以让你为她们疯狂，现在你面对那个诺尔玛就是这副德行，你没意识到吗？有些女人更操蛋，她们会去山里摘曼陀罗，那是一种雨季时长在地上的花，喇叭形的，她们用花做茶，你喝下去就会变傻，完全不明现状，趴在别人脚下甘心做奴隶，任人宰割。你别假装听不懂我在说什么，你妈不是一直给那丫头讲"王者之剑"酒馆里那些女人施的巫术吗？她们可以让男人变傻，好偷他们财物，让他们着迷，给她们买房，助她们成为体面人。那小子最后似乎认真在听他说的，但还是不住地摇头，说不是，诺尔玛不是这样的，诺尔玛可从没能力对他做这些事，蒙拉嘲笑他天真：女人都一样，浑小子，都一样有手段，为了把你留在身边，再可怕的事都做得出来。最后，那小子还是生气了，把自己锁在饱含怨怒的阴郁沉默里，任凭蒙拉怎么拉拽，他都不肯出来，哪怕是把他带到萨拉胡安娜的店里，又请他喝了一轮啤酒，他也不开口，那酒还他妈是温的，好像温啤酒成了这酒馆的招牌似的，都怪那台老掉牙的冰箱，还是萨拉被选为比利亚嘉年华女王那年买的，你想想，那会儿蛇还长脚，能在地上散步呢。孩子，蒙拉第若干次对萨拉的孙女说道，你干吗不凿点儿冰，早早把啤酒放进去呢，这样我一来就有冰啤酒喝了。女孩认识蒙拉，她只是咂咂舌，扭着胯，叉着腰，回答说，你也不照照镜子，浑蛋，要是不喜欢，门在那边，好走不送。蒙拉抬起胳膊比了个"操你妈"的手势，但其实两人谁都没真的生气，因为他们都知道，蒙拉下次还是会回到小酒馆，不过并不是因为女孩对他施了巫术，而是因为那是离他家最近的酒馆，还不到五百米远，甚至不用拐弯，只要坐上车，踩一脚油门就到了，不用开上公路，不用冒险，冒之前差点儿夺去他一条腿的车祸的风险，那是二〇〇四年，二〇〇四年二月十六日，怎么可能忘记那个日子呢：在圣佩德罗掉头又没打灯的那辆卡车，操他祖宗的狗娘养的，当时蒙拉喝得太高，没看见它，便撞了上去，一条腿的骨头被撞到粉碎。医生要给他截肢，他不让，说想都别想，他不怕瘸，不怕缺几块骨头，他的腿是他的，他的，没人能把它截掉。医生们说不行，不能不截，无论如何那条腿都没用了，留着它还会有很高的感染风险，但蒙拉死活不依，在恰贝拉的帮助下，在截肢手术的前一天从医院逃了出来，后来他把那些医生都骂了个遍，一帮傻缺，那条腿既没有感染，也没有坏死，就是往里缩了一点儿，对不对？类似于腿脚有点儿歪，虽然瘸了点儿，但还是可以走的，甚至离开拐杖也能好好走上几步，对不对？并不需要被绑在轮椅上，对不对？而且，他还有那辆小货车，是在马塔科古伊特从一个小老头儿手里买的，说车是从得克萨斯带过来的，价格便宜，三万块，是那个撞了他的卡车所属公司给的车祸赔偿金的一半。小货车真是不错，他每次驾车上公路，都会开着窗径直跑到一百迈，从视线稍高处俯瞰一切，爽得要命，甚至会有车祸从未发生的感觉，好像他还是那个骑着摩托飞驰在沿海公路、在各个海岸公司间传递文书的男子,还是那个跳萨尔萨舞跳到天亮的潇洒浑蛋——一把抓住恰贝拉,抬起她,用吻堵住她的嘴,把她顶在墙上,让她爽到分不清东南西北,臭婊子,她他妈的在哪儿,为什么不和他说话?没有一个客人会在"王者之剑"酒吧里一待就是三天,别找该死的借口了,首先那里就没有那么多女人,其次她们姿色又不怎么样,她是不是没跟他打招呼就和哪个浑蛋一起去港口了?这可不是她第一次这么干了,贱货,之前那年的圣诞节她就跑到瓜达拉哈拉去了,臭婊子说她是去工作,干活儿就是干活儿,她总是这么说,蒙拉大多数时候也这么认为,但这一回太过分了,这一回他嗅出了气息不对,觉得那婊子正在"天堂"汽车旅馆的哪个房间里锁着门快活呢,跟那个叫巴拉巴斯的臭男人开几瓶威士忌,像吸尘器一样猛吸可可精,纯粹出于乐趣跟那家伙腻歪在一起,所以,所以每次拨她的号码都被直接转到语音信箱,说他所拨打的用户已关机,或者不在服务区。入夜了,蒙拉已经醉到可以开车去"天堂"的停车场前转悠几圈,看看是不是能瞧见巴拉巴斯那臭男人开的皮卡了,那辆福特狼,尽管对那男人跟前跟后的那群流氓——有五八个人,戴着宽檐草帽,斜着腮帮子，眼神狠到能杀人——可能会拦住自己，但还是要去看看，不过等他反应过来时，自己已经爬上小货车，往家开去了。就让恰贝拉和野男人鬼混去吧，他一边想，一边连滚带爬下了车，衣服都没脱，一头栽在床上，压住了揉成一团的床单以及恰贝拉的胸罩和发夹。后来他做了个梦，不到天亮就被搅醒了，梦里他是个鬼魂，走在村里的街上，想跟人说话，但没人理他，甚至没人注意到他的存在，因为他们看不见他，没人能看见，因为他是鬼，只有小孩子才看得见，可他一开口说话，孩子们就被吓得哭着跑开了，蒙拉因此非常难过，后来街道猛地消失了，他走在山里，穿过一座座山丘和一片片树林、草原、耕地，路过一栋栋荒宅，突然进入了另一个村子，继续在街上漫无目的地走，这时，他看见一栋熟悉的房子，是他亲爱的奶奶米尔恰的家，他从总是敞着门的厨房走进去，探头望向客厅，奶奶就在那儿，坐在她的摇椅上，和他记忆中一样，仿佛这二十多年她从未逝去。在梦里，他是死人，奶奶是活人，她虽然看不见他，却能感觉到他，甚至能听见他说话，隐约听得见，仿佛两人相隔遥远，这让蒙拉感到绝望，因为他有一些很重要的事情要告诉奶奶，一些他醒来之后就不会再记得、在梦里万分紧急、需要向全海岸的人发出预警的事，但却怎么都做不到，因为他只会讲死人话，奶奶听不懂，哪怕他拼命喊叫，想让她明白，他的奶奶——他圣人般的奶奶，一直那么敏感，那么灿烂，愿她安息，堂娜米尔恰·包蒂斯塔——也只是冲他笑笑，让他平静，让他不要担心，并且告诉他，他得乖乖地、安静地待在那儿，才能很快升入天堂。堂娜米尔恰的声音沉稳、祥和，让蒙拉醒来时分外难过，尽管她反复抚摩他的双手而留下的香膏的芬芳还停留在他的鼻腔，但他很清醒，知道自己现在正在床上，在和自己女人共用的卧室里，后背大汗淋漓，密闭的房间闷热难忍，但他感觉到的却是浓重的寒意。他想再睡一会儿，可憋闷的空气和越发剧烈的头痛很快把他逼下床，接着，他把衣服脱到只剩内裤，拄着拐，走出屋，进了厕所，来到院子里，站在蓄水桶旁，想草草冲个凉。正冲肥皂泡时，他突然看见了那小子：没穿鞋，也没穿上衣，脏得像在路上打过滚儿，踉踉跄跄，朝后院走去，随之隐入房后，瞧不见了。他在原地待了好一阵，冲净了身子，回了屋，擦擦干，穿上干净内裤，再回到院子，穿过去，走到那小子的房间前，想看看他待在自己的"小窝"后面干什么，干吗盯着地上挖的坑看，那坑有半米深，他就那么呆呆看着，甚至没注意到蒙拉已经来到他身边。后来蒙拉终于张口说，哎，这是什么啊？他吓了一跳，回头看向对方，一脸惊恐，好像做坏事被蒙拉撞了个正着，不过那表情最多持续了一两秒，随后他就平静下来，张口说，不是什么。蒙拉把眼神移开，瞧了瞧那个坑，又看了看那小子一路脏到胳膊肘的手臂，黑指甲里都是土，坑肯定是他用手挖出来的。那小浑蛋从里面挖出什么了？蒙拉不禁好奇，或许是因为刚才的梦还赖在记忆里不走，他突然想起来，很多年前，当他还是个孩子，跟妈妈一起住在亲爱的奶奶米尔恰在古铁雷斯德拉托雷的家时，一个邻居——一位住在隔邻的年长女士——请人给她的房子更换水管，在房前挖坑的人们找到了一个被奶奶叫作"巫物"的东西，是巫婆的"巫物"，一个曾用来装蛋黄酱的大玻璃瓶，瓶中混浊的水里浮着一只巨大的蛤蟆，死蛤蟆，蛤蟆周围漂游着各种腐烂物，还有两头大蒜、几把草叶，其余的破烂内容物蒙拉没来得及看，因为他妈妈一把捂住他的眼睛，把他带走了。虽然妈妈动作很快，但他还是感受到了强烈的头痛，奶奶不得不抓了几把罗勒来帮他净身，又拿一颗鸡蛋滚过他的前额，之后那蛋就碎了，蛋里面都烂透了。奶奶告诉他，人们从地里挖出来的恶心东西是一些坏人为了向邻居下咒而埋在土里的巫物，一旦有人不幸踩过埋了蛤蟆的那块地，那只蛤蟆便会通过法力强大的巫术进入那人的身体，接下来就开始吞吃器官，用秽物填充人的肉体，一直到此人死亡。蒙拉那时才五六岁，有些事记不清了，不过后来他听说，那位女士的丈夫在那之前几个月死了，患了一种谁都不知道是什么的怪病，说是肝出了问题。蒙拉在那之后也头疼了很久，奶奶时常用罗勒叶扫他的身子，用酒精擦他的太阳穴，有时他还会睡不着，想着自己玩耍时或替长辈跑腿时可能会无意间踩到埋有"巫物"的地点，可能就在那一刻，那恶心的蛤蟆会钻进他的身体，要吞掉他的脑子，继而迅速夺去他的生命，不过随着时间流逝，他渐渐忘了那恼人的感觉，甚至在看到那个大坑之前、在看到肯定是那小子用指甲刨出来的大坑之前，他都没再想起过那种感觉，他觉得自己当下可能还没醒，还被困在那诡异的梦里，已经身死，变成了怨气弥漫的衰鬼，于是他再次问那小子那是什么，倒不是因为他想知道对方的答案——蒙拉已经认定了那是巫物，没有其他可能——而是想确定对方能听见他说话，进而确定自己已经从可怕的梦魇中逃离，可路易斯弥依旧一副迷茫的神色，呆看着他，像没认出他一样，蒙拉见状只好抬手拧自己的耳朵，证明了自己是清醒的，并没有死，这才感觉好些了。烧了它，他向那小子下达命令，不管你在那儿找到了什么，都赶快烧掉。那小子指了指附近一棵棕榈树脚下的一个被烧焦的易拉罐，动了动似乎因嗑药而发麻的舌头，用又尖又哑的声音说，烧了，我已经烧了，就在那个易拉罐里头，我过来是想把灰倒进河里，还说他夜里听见"小窝"后头有动静，出来看时发现有条狗，又大又白，像匹狼，在土坑那儿寻摸着什么，就这样，他发现了那个罐子。蒙拉往后撤了一步，虽然确定自己已脱离了噩梦，安心了一些，而且坑里也没有下了咒的蛤蟆，但他还是感觉空气里有巫术的邪毒在飘浮：他感觉有东西在压迫自己的太阳穴，对这类东西，他一向分外敏感。你不该用手碰它，他跟那小子说，现在你得好好洗洗。咱们最好离开，他又提了个建议，等瘴气散了再回来，希望它毒性别那么强。其实蒙拉急着走，也仍因为他怀疑恰贝拉正在天堂汽车旅馆和那个叫巴拉巴斯的家伙快活，也仍想去验证一下自己的猜测，所以一边催那小子做准备，一边回屋穿上衣服，拿上小货车的钥匙、手机，还有剩下的一点儿钱。他走回路上，发现那小子根本没听他说的，依然呆站在车旁，说已经准备好了，可身上还是脏得不像话，臭气熏天，光着脚，脸也被熏得黑黢黢的。蒙拉只好对他说，小子，你这样我可没法带你出门，臭死了，别闹，哪怕洗一下胳肢窝呢。那小子走到蓄水桶边，像匹马一样把头埋进干净的水中，泡了一会儿，把脸上的灰泥差不多洗掉了，因为没有干净衣服，蒙拉又借了他一件套头衫。为了离开那栋房子出去转转，也没别的办法，蒙拉想，而且还要去找恰贝拉，不过在这之前要先在萨拉胡安娜那儿喝瓶番茄蛤蜊啤酒，但不巧，那儿没开门，萨拉的孙女穿着睡衣把门开了条缝儿，跟他们说还不到上午九点，别他妈犯浑了，臭酒鬼。他们没办法，只好穿过公路，去了梅特德罗酒馆，那儿送的下酒菜是蟹肉馅饼，又油又硬，但冰凉的啤酒和吵闹的音乐让蒙拉安心下来，因为这样能防止他思考，不过那小子是怎么回事，喝了一瓶就像打了鸡血，为了压过喇叭声响，把头凑到蒙拉跟前一通抱怨，哭哭啼啼地说最近感觉太糟，只恨不得把身上发生的坏事全说一遍。奇怪得很，那小子几乎从不向他倾诉，现在却在他耳边抽泣，吐着发酸的口气讲着自己有多痛苦、多悲惨，什么都做不好不说，又摊上诺尔玛这档子事，他们就这样该死地把她夺走了，甚至没告诉他她和孩子现在怎么样了，他们会把母女俩带到哪儿去？也不知道他还能不能见到她们了，还有石油公司的事，他的工程师朋友已经消失好几个月了，也不接电话，而这些，都正好发生在年初他和巫婆起了冲突之后，那个疯婆娘说他偷了她的钱，但他根本没有，是有人偷了他的钱，或者是他晕晕乎乎时给弄丢了，但巫婆不相信，叫他见鬼去，现在肯定是她在作法咒他，咒他也咒诺尔玛，一心要毁了他们。蒙拉听着，只觉得紧张，一会儿死盯着自己的手机屏幕，一会儿又扭头看向舞池，倒不是因为他真的对那些和人跳贴面舞的肥女人感兴趣，而是因为他一听人提起巫婆就心神不宁，那浑小子知道，他明知道蒙拉害怕听到村里的小伙子和那个蝴蝶娘炮[1]之间的恶心勾当。他有必要听这些东西吗，凭什么让这些狗屎钻进自己脑袋，对吧？他总对恰贝拉说，宝贝儿，你的客人都讲究，真不错，他们都他妈的是绅士，没错，但你别跟我讲，别跟我说细节，我不想知道他们叫什么、是哪儿人，不想知道他们的东西是粗是细是弯是两种色的，天杀的恰贝拉总想跟他说工作上的事，讲起那些跟她上床的浑蛋是什么样，讲起她和其他在"王者之剑"上班的女人间的矛盾，但蒙拉不爱听，他只想保持清静，她做她需要做的事，愿上帝保佑她，但别跟我讲，

---

[1] 蝴蝶娘炮，原文为"mariposón"，本义为"大蝴蝶"，在口语中是对男同性恋的蔑称。

恰贝拉,他必须这样时刻提醒对方,但跟那小子不用说这种话,因为总的来说,蒙拉的继子是个内向的人,不过那天,趁着那股奇怪的激动劲儿,他一说就停不下来了,蒙拉为了切换话题,为了逃离那些已经开始在自己脑中渐渐成型的画面,突然站起身,把手机放在耳边——像铃声响了似的——对路易斯弥说,等我一会儿啊,紧接着,他抓起拐杖——说是为了让通话更清晰——就离开了梅特德罗。出门后,他倚着他的小货车给自己的女人打了个电话,还是无法接通。该死的恰贝拉,肯定是和那天杀的浑蛋巴拉巴斯鬼混去了,肯定是这样,肯定是在天杀的天堂汽车旅馆或者公路上随便哪个老鼠窝或者在巴拉巴斯的皮卡里干得正欢呢,龟儿子,还有那个贱婊子,想什么呢,以为他蒙拉是傻瓜吗?以为他什么都不知道吗?以为她可以三天之后才回家、说自己一直在工作、当什么事都没发生吗?他没再多想,上了车,把油门踩到底,一口气跑了十公里,开到天堂汽车旅馆,旅馆是空的,空无一人,月中还这样真是怪事[1],不过他什么都没问,又径直开了几公里,来到马塔科古伊特入口、"王者之剑"绅士俱乐部那面被刷成

---

[1] 在墨西哥等拉丁美洲国家,部分雇主会在月中支付雇员一半月薪。

墨西哥粉的水泥墙前，那个北方来的狗娘养的并没有把他那辆标志性的皮卡停在那里，四处都看不见那群总围着巴拉巴斯转的戴宽檐帽的流氓，什么都没有，大门的金属帘虽没上锁，但也是拉下来的。蒙拉松了一口气，说到底，谁知道他有没有勇气薅着恰贝拉的头发把她从她马拉松式的寻欢作乐——她肯定是在干这个——中拽出来呢，她不用指甲把他眼珠子抠出来或者一脚把他的蛋踢碎就不错了，更不要说还得对付巴拉巴斯身边那群随身携带武器的流氓，还是算了吧。他车一刻没停，掉了个头，开始往回开，开进了一座加油站，掏出手机，写起短信，最粗暴、最痛苦、愤恨漫溢的短信，从没有哪个丈夫给妻子写过这样可怕的短信，这短信一定会让她屁滚尿流哭天喊地懊恼不已，后悔自己竟这样待他，但就在他要发送的那一刻，手机在他手间振了一下，他吓了一跳，差点把它掉在地上。有那么一瞬间，他觉得那是恰贝拉，但不是，是那浑小子，他发来短信问，草他妈结下来干吗[1]？蒙拉回他，你在哪儿？又进来一条那小子的短信，比利亚公园。蒙拉看了眼油表，觉得还是回拉马托萨比较好，在堂娜孔查那

---

[1] 原文拼写有错误，译文用别字表示。——编者注

边赊账要一升啤酒，摊在床上一边等恰贝拉一边喝光，直到不省人事或直接喝死，随便怎么都行。就在这时，电话又响了，又是那浑小子，说自己搞到了钱，会付蒙拉油费，让他捎他去干件事，因此，证人认为他的继子想请他帮忙，让他把自己带去一个可以搞点儿钱的地方，好继续喝酒，证人因此接受了对方的请求，并驾驶他的雪佛兰鲁米纳封闭型小货车（蓝灰相间，型号一九九一，得克萨斯牌照，车牌号RGX511）前往上述会合地，具体位置为比利亚镇政府楼前公园长椅处，并在该地见到了其继子及另外两人。证人认出其中之一是绰号为"威利"的男性，此人在比利亚市场贩卖影碟，年龄介于三十五至四十岁之间，留夹杂白发的黑色长发，穿着与平日类似：摇滚主题T恤、黑色军靴（俗称马掌靴）；关于另外一人，他仅知众人称其为布兰多，但并不确定此名为绰号还是真名，约十八岁，体瘦，黑色眼睛，黑色凌乱短发，皮肤略黑，穿咖啡色短裤、"小豌豆"[1]曼联球衣；第三人是其继子，此前已形容过其外貌特征。证人在此后两小时内与此三人共处，在街上共同饮下被称作布兰多的青年男子提前准备

---

[1] 指"Chicharito"，墨西哥足球运动员哈维尔·埃尔南德斯·巴尔卡萨尔。

好、装在塑料加仑桶中带去的掺了甘蔗酒的橙味饮料，并共同吸食了一根大麻烟，他们，即路易斯弥、布兰多及威利还吃下了一些证人无法确认其品牌及种类的精神药物。下午两点，其继子询问他是否会帮忙去做之前对方提过的事，我和他说我没油了，他得先给我油钱，那时我意识到，带着钱的是布兰多，因为他递给我一张五十的票子，还跟我说，把我们带到拉马托萨去。我对他说，得一百。布兰多说，先给五十，回来再给另外五十。我同意后我们就走了，除了威利，他当时躺在公园长椅上，已经不省人事，没看见我们上车。我们直接开到加油站，我给小货车加了五十块的油，往拉马托萨开去，照布兰多的意思，从村里主路走，之后右拐，开上去制糖厂的路。那时我意识到，他们想让我去外号"巫婆"的那个人的家，我很不爽，因为我很讨厌去那种地方，主要是因为大家传说的在那栋房子里发生的事情，但我没说话，因为我知道他们是去找那个人要钱，不会在里面停留太久，进去就出来，而且我可以留在车里等他们，之后我们就能接着去玩乐。至少布兰多是这样告诉他的，在让他把车停在离巫婆家二十米处的路桩旁后，布兰多交代他不要挪车，表示他们会很快，让他不要下车，也不要关车门，路易斯弥什么都没说，但我注意到他很紧张，他们两人都非常紧张，几乎看不出是喝醉了，我觉得很怪，但什么都没说，差不多是这样，之后他们就走了。蒙拉没发现其中一人拿走了他的拐杖，他探头去看时，两人已绕过房屋正面，往厨房门走去，证人此前曾从该处进入过该房屋，据他所称是他人生中唯一一次，那是八年多以前，当时蒙拉还在骑摩托，车祸还没发生，恰贝拉把他带到那里去做净化，门一开，蒙拉就看见里面居然那么脏，一切都蒙着油污，厨房闻着像腐烂的食物本身，另一侧的墙壁——冲着走廊的那面——上挂满色情图画，到处都是易拉罐划出的划痕和无人知晓含义的神秘符号，他觉得自己没法相信这些，他不是这路人，他是古铁雷斯德拉托雷来的，而且在那之前，没人告诉过他，巫婆实际上是个男人，一个四十、四十五岁左右的男人，穿一身黑色的女人衣裳，指甲很长，也涂成了黑色，看着吓人，虽然她[1]戴着类似面纱的东西遮脸，但只要一听到那个声音，看一眼那双手，就立刻会知道那是个男同性恋，所以蒙拉跟恰贝拉说，他改主意了，不想做净化了，想想那娘炮要碰自己他就恶心，给恰贝拉气得，后

---

1 后文指代巫婆的第三人称有"他""她"两种，原文如此。

来她也总说，他之所以出车祸就是因为没有做净化，上帝因为他的傲慢而惩罚了他，但蒙拉却怀疑那是巫婆搞的鬼，是为了报复他那天的恶劣行径，正是由于那天的经历，他才知道那栋房子的厨房有那样一扇门，并不是因为他和该人有过任何接触，我已经和各位说过了，这个人的生活方式和外表都让我觉得恶心，但我从没有过伤害此人的愿望，我什么都没看见，我也已经和各位说过了，我什么都没看见，也不知道发生了什么，不知道他们对她做了什么，我没看见他们是什么时候杀死她的，因为，请您看看我，我的警长，我根本走不了路，从二〇〇四年二月开始，我就已经残废了，我不知道您和我说的是什么钱，我发誓，那些小浑蛋根本就没有告诉我他们在谋划些什么东西，只是给了我五十块钱，让我加油，剩下那些答应给我的钱他们也没给，我以为他们只是想整整巫婆，谁能料到他们竟然是想杀了她，我根本都没下车，就一直待在方向盘后面，等他们出来。那些浑蛋在房子里待了很久，蒙拉开始紧张，就在他想离开的时候，听见路易斯弥喊了几声，他回头一看，见他们已到了车的滑门前，半扛半拖着一个失去意识的人，随后将她塞进车里，按到地上，接着他的继子和另外那个小子一起喊道，快走，快走。蒙拉于是把油门踩到底,车飞一样开上了公路,往制糖厂奔去,但他们没让他直接开去河边,而是叫他走另一条路,冲厂子背后的种植园开了过去,蒙拉认识那地方,有些个下午,他会和路易斯弥还有他的其他朋友去灌溉渠旁的几棵大树下乘凉、抽大麻、看西边落日余晖下一望无际的蔗田海洋,因为小货车的收音机已经失灵,所以总会有人用自己的手机播放音乐,开到最大音量,那时候真惬意啊。差不多在转第一个弯时,巫婆开始呻吟,像是疼得厉害,要窒息了一样,那些浑小子冲她嚷嚷,让她闭嘴,还又踢又踩,刚一到水渠,他们就跟蒙拉说,停在这儿,停下。蒙拉照做了,他们把巫婆带下车,几乎是揪着头发和衣裳拽下去的,之后把她甩在地上,蒙拉看见那人头发乱糟糟的,已经湿了,后来他才反应过来,头发湿透是因为血,因为小货车里到处都是血跟灰和成的泥,不过当时他并不知道,也没想着去看,他只是待在原处,坐在方向盘后,双手放在大腿上,两眼直直盯着一排排低矮茂盛的甘蔗,那干渴难耐的甘蔗正等待雨季到来,一丛一丛一直延伸到岸边,延伸到更远处,直到蓝色的山丘。说实话,说实话,说大实话,他想看来着,因为他敢肯定,那几个小子会把巫婆的衣服扒光,扔进水里去,纯粹就是发疯,他以前见那帮人这么干过,纯粹是开玩笑,是啊,纯粹打打闹闹,但好像又有什么阻住了他,不让他去看,弄得他浑身僵直,就像瘫痪了一样,他甚至都不敢去瞧后视镜,是那种感觉,感觉他不是一个人在那儿,感觉车里还有别人,这个人在那一刻从后座移到了蒙拉坐的地方,他甚至能听见座椅弹簧在人或什么东西——任何东西——的重量下挪动时发出的轻微声响。蒙拉记起了自己的梦,想起了自己的奶奶米尔恰,想起了她在有人提起魔鬼时总会说的话,保守我,上帝啊,我信靠你,他喃喃道,哦,我的灵魂,你曾告诉耶和华,你是我的主。这时,一阵疾风吹过,透着潮气,从车窗钻进车里,固执的风,是大雨切近时的样子,它不一会儿就会把颓萎的甘蔗丛按倒在地,远处的半空中,一团乌云遮住了太阳,一道无声的闪电落在远山间,没有一丝声响,甚至在那棵枯木被突然劈开、烧焦时,都没有任何声响。有那么一刻,蒙拉觉得自己聋了,因为那两个浑蛋一边摇晃他一边在他耳边大声嚷嚷了两声他才反应过来,转了转车钥匙,才发觉自己根本没熄火,他放下手刹,几个人飞速蹿了出去。他只顾盯着土路看,也没听明白那两人在说什么,他们一直在后座大喊大笑,有时候听起来像在打架,等他反应过来,他们已经开过了瓦卡斯河滩，正从主路向比利亚驶去，一直开到了镇政府前的公园。那时候公园里都是人，有的在散步，有的在长椅上乘凉，几个中学军乐团的学生在为五月一日礼拜一的游行进行排练，一切看上去都那么正常、那么和平。那两个小子终于平静了下来，又过了几个街区，布兰多告诉他自己要在某个路口下去，蒙拉于是停下来，等对方下了车，越跑越远，蒙拉才发觉他身上穿的已经不是曼联球衣了，而是一件黑色的T恤。这时，路易斯弥坐到了副驾驶座上，开始哼歌，有时，他一个人在自己的"小窝"里也会这么哼哼，以为别人都听不见。他们往拉马托萨开时，蒙拉还在想，那一切不过是个玩笑，那两个浑小子在闹着玩，他们看巫婆不顺眼，所以想搞她一下，吓她一下，对吧？他怎么会知道那时候那个人已经死了或者正在蔗糖厂的地界里奄奄一息呢？毕竟他从始至终都没看见他们对她做了什么啊，他们只不过利用了他，狗娘养的小浑蛋们，给他点儿钱，让他捎他们一程，他确实带两个人过去了，但并不知道对方打的是什么主意，钱的事各位还是问他们吧，进了那栋房子的是他们，以前他们就常去，村里人从好多年前起就都知道，巫婆和路易斯弥是情人关系，他们因为一笔钱起了争执，各位可以去问路易斯弥，可以去问布兰多，那家伙就住在离公园三个街区远的地方，差不多就在堂罗克的游戏机厅对面，一栋黄色的房子，白色大门，各位可以问问那个浑蛋，他把钱怎么着了，他承诺的五十块钱到哪儿去了。不过蒙拉在爬上床前似乎也把钱的事给忘得一干二净了，他在被汗浸湿的床单上翻来覆去，很想睡着，但每次闭上眼，都感觉自己要坠入无底深渊，他不想就这么清醒着，但又无法不想恰贝拉，于是一次又一次地拨打对方的号码，可还是无法接通，在凌晨的某一刻，他甚至想去找那小子要一片药来嗑，但又不敢在黑夜里穿过院子，而且已经那么晚了，那浑蛋肯定已经把所有的药都吞下了肚，他的瘾就是这么大，早晚会因嗑药过量而一睡不醒，蒙拉想着，沉入了一片摇摇欲坠的迷倦中。

五　母亲

一个奇迹，我的儿子是一个奇迹，穿粉色病号服的女人说。他是上帝存在的证据，圣犹达无所不能的证据：连不可能的事都能实现，你看。她低头望向正吮吸自己左胸的婴儿，灿烂地笑了起来：不枉这一年的祈祷，一整年，一天都没落下，甚至在我卧床不起、痛不欲生的时候都没忘记，那天我向圣犹达祈祷，求他让我的孩子活下来，让我的子宫留住他，让他别再像其他孩子一样就那么没了，我那么小心地照顾自己，吃了那么多维生素，最后还是把他们排出了身体，上厕所时看见衣服上的血，也只能哭泣，我甚至会梦到血，梦见自己淹死在血里，那么多年，那么多次跑进厕所，只能眼睁睁看着自己一次又一次失去孩子，连着八次啊，唉，三年八次，我以上帝的名义向你发誓，我没骗你。我的医生都数落我，跟我说，你的子宫留不住孩子，缺这个，少那个，得做手术，也不知道结果如何，还是不要怀孕了，认命吧，她这么和我说，真是浑蛋，她没男人、没孩子，我敢肯定她根本没有生育能力，她说我的器官已经衰弱，问我们为什么不考虑领养一个，贱人，她就是这么和我说的，都怪她，那会儿我丈夫都不抱希望了，我敢肯定，他已经准备要跟我离婚了，就是那时候，我妹妹的教母的几个朋友问我，为什么不试着向圣犹达祈祷，好好向他祈祷——让我找一幅他的胸像，先拿去教堂获得上帝祝福，之后回家摆好他的麦穗、檀香蜡烛，每天都向他祈祷，要虔诚、谦卑，我想了想，不管怎么样，试试也无妨，你看，最后圣犹达真的给了我奇迹，哎呀，把我的小天使给了我，安赫尔·德赫苏斯[1]·达陡[2]，我们想给他起这个名字，来表达对上帝和圣人的感恩，感恩我们被赐予的奇迹，这就是奇迹，不是吗？一个奇迹。出生六小时后的安赫尔·德赫苏斯·达陡正挥着小拳头哼哼唧唧地哭，房间里的闷热让他很不舒服。那个孩子的哭声中有些什么让诺尔玛感到毛骨悚然，如果不是因为被绑在了床栏上，如果不是因为那些粗糙的绷带已经把她的手腕勒到皮开肉绽，她可能会捂住自己的耳朵，好隔绝孩子的哭声，隔绝房间里其他女人的温柔絮语，而且如果不是因为被绑在床上，她早就逃出去了，离那座医院、那座可怕的镇子越远越好，赤着脚、穿着那种后背和屁股都裸露

---

[1] 在西语中，作为普通人名的Jesús（耶稣）通常译为赫苏斯。
[2] 圣犹达为耶稣十二门徒之一，名为犹达·达陡（Judas Tadeo）。

在外的病号服也无所谓，那件褂子下面什么都没有，只有她自己肿胀的肉身，不管怎样，只要能远离那些女人就好，远离她们的黑眼圈、妊娠纹和痛苦的呻吟，远离她们那些噘着青蛙嘴吮吸她们黑乳头的干瘦婴儿，最重要的是，远离房间里的那种气味，乳清味、汗臭味、有点儿发甜又发酸还粘在诺尔玛皮肤上不散的气味，让她记起了自己被关在巴耶城那个小房间里的所有下午，那些下午她抱着帕特里西奥，在房间里走来走去，摇着孩子，生怕他窒息，她会用手掌轻轻抚摩他的小胸脯，温暖他身体里的空气，伴着喑哑的声响从她弟弟嘴里逃逸的空气——那类似哮喘的喘息让诺尔玛觉得，小可怜帕特里西奥的肺部正在腐烂，可怜的孩子，怎么就让他生在了一月呢。巴耶城总是那么冷，他们当时住的那个小屋更冷，就在公共汽车总站边上，一个小单间，一个砖墙和水泥围筑起来的盒子，建在一栋把它的温暖阳光都偷走的五层高楼后方，有些早晨，他们呼吸时的白气清晰可见，五个人挤在屋内唯一一张床上，盖着薄毯，上面还铺着几个人的全部衣物好保暖，帕特里西奥的睡篮吊在顶灯旁，灯白天也亮着，至少能稍微暖暖孩子，让他在上面的篮子里别那么冷，母亲最怕有人压到他，让他窒息，所以只好把他放在那里。母亲知道帕特里西奥呼吸有困难，诺尔玛早就和她讲过，可怜的孩子，喉咙总像卡住似的发出哮鸣，仿佛真的吞下了一只哨子，他在屋内冰冷的空气中疯狂挥舞拳头、拼命咳喘，像是想借此把哨子弄出来，却怎么也弄不出来，诺尔玛也只能哼着歌谣不停安抚，有时会轻轻摇一摇他，绝望地想帮助弟弟，甚至会把手指伸进那张小嘴里去，想看看能否摸到那个让孩子窒息的东西，她觉得那应该是某种绿色黏液凝结成的玻璃球样的东西，却从来没摸到过。母亲知道孩子的状况，诺尔玛告诉过她，或许正因此，那天早上，当她们发现床铺上方篮子里的帕特里西奥皮肤青紫、身体僵硬时，母亲才没有打骂她，说她是个蠢姑娘，什么事都做不好。其他人一直挤在一起睡，母亲在床垫的一端，诺尔玛在另一端，三个小些的弟弟妹妹在两人中间，别翻身掉到床下，把头在水泥地上磕碎了，母亲会这样说，诺尔玛只好照做，她整夜整夜睡在床的边沿，有时尿意渐浓，醒来后就难以入睡，但她也只好在毯子下一动不动躺着，收紧括约肌，憋住肺里的空气，试着在弟弟妹妹们的呼噜和喘息中分辨母亲的呼吸，甚至想从他们身上探过去摸一摸她的胸口，查明她的心脏还在跳动，而不是像可怜的帕特里西奥一样僵硬、冰冷，同时，她还要拼命忍住尿意，在那张医院的床上她也这样忍着，周围全是披头散发的女人、不停号哭的婴儿、口吐恼人废话的家属：夹紧大腿，咬紧牙关，收紧生疼的腹部肌肉，憋住温热的尿液，可它最终还是会化成蜇人的细流偷偷流出，这时诺尔玛会因羞耻而闭上眼，不去看自己的病号服上将会出现进而把床单浸湿的深色污迹，不去看邻床女人因嫌弃而皱起的鼻子，不去看护士们责怪的眼神，当她们终于放下身段为她更换衣服时，也不会为她松绑哪怕一刻，因为这是社工交代过的，警察来之前必须把她拴住了，或者至少等她坦白自己做的事情后才能给她松绑，因为她不愿开口，甚至连医生把手术器材塞进她身体前给她打的麻药都没能帮社工从她嘴里套出任何东西，连她叫什么都没问出来，也不知道她的真实年龄，不知道她吃了什么药，是谁给她的，之后把胎儿丢到了哪里，更没问出她为什么要那么做，社工什么信息都没从诺尔玛口中得到，哪怕她一直大吼大叫让她别犯蠢，让她说出自己男友——那个对她做出这种事的人——的名字、住址，好让警察去抓他，因为那个王八蛋把她抛在医院就跑了。你不生气吗？不想让他付出代价吗？诺尔玛这才意识到，正在发生的一切都是真的，不是一场噩梦，但她还是咬紧嘴唇，摇着头，一个字都不说，甚至当护士在急诊室楼道里，当着所有待诊病人的面把她的衣服都脱光时她也没说，甚至当那个秃头医生把头埋在她的两腿之间，翻动诺尔玛已经无法辨认的自己的下体时也没说，她认不出那是她的下体，不光因为她肋骨以下的躯体已毫无知觉，也因为当她终于抬起头定睛去看时，只能看到一个被剃光毛发的发红的阴部，和她的下面完全不一样，她无法相信那些肉是自己的，无法相信那发黄的、疙疙瘩瘩的皮肤是自己的，它好像市场里被开膛破肚后的死鸡的皮。就是在那时，他们决定绑住她，说在塞入手术器械时需要保持她静止不动，好避免她受伤，但诺尔玛明白，他们只是为了防止她逃跑。她确实很想从屋子里跑出去，尽管自己全身赤裸，尽管从走廊尽头那扇开着的门里钻进来的微风让她浑身发抖、牙齿打战，那风其实是温热的，甚至可能是闷热的，但发着四十度高烧的她却觉得风冰凉刺骨，仿佛夜晚从巴耶城四周高山降下的寒风。那些发蓝的庞然山体被松树和栗树覆盖，很多年前的一个二月十四日，佩佩带他们去过山上，因为诺尔玛和弟弟妹妹还有母亲在巴耶城住了这么久，怎么能没去看过山林呢，那可真就错过了美妙之物啊，错过了大自然母亲真正壮丽的美景，佩佩用滑稽的语气说道。雪，我们去看雪！弟弟妹妹们一边顺着林中巨木间蜿蜒的小路往上爬一边哼着小曲，起初，诺尔玛还和他们走在一起，享受着徒步的乐趣、脚下的城景、眼前的云雾，还有铺满松针和苔藓的地面上的薄霜，但谁知道她那天早上穿衣服时是怎么想的，竟然忘了穿长袜，林地的湿气很快就钻入她破旧的鞋底，往上一路爬去，冻住了诺尔玛的脚，冰冷、僵硬的脚，就像可怜的帕特里西奥的脚，她一时间疼痛难忍，佩佩只好叫停大家的步伐，扛着她，带着一行人走回公交车站，在那里坐车回城。没能上到山顶，没能摸到雪，没能像电视里演的那样把雪抛向天空或用雪堆起雪人。弟弟妹妹们失望地大叫，说都怪她，又蠢又怪又浑蛋。妈妈就是这样说的，说诺尔玛总在关键时刻把一切搞砸，她在回家路上一直默默流泪，佩佩则兴致勃勃地拿这个意外的插曲开起玩笑，妈妈每次生气时他都会这么干，好逗妈妈开心，但那天并不奏效，一路上妈妈就只皱着眉盯着她看，嘴唇绷紧，眼里都是责怪，医院里那些护士在知道了诺尔玛被绑在床上的原因时也是这副表情，她被收治在医院的当晚，社工也向她投来了相同的眼神：这些贱丫头，还不会擦屁股就想着到处乱搞，我会跟医生说，刮宫前不要给你打麻药，看你长不长记性，你要怎么付医院钱啊，谁来负责你啊？他们来了，把你扔在这儿就走，一点儿都不关心你，你还傻傻地维护他们，把你搞成这样的那小子叫什么？告诉我他的名字，要不然蹲监狱的可是你，这叫包庇罪犯，别傻了，孩子。诺尔玛被从走廊尽头敞开的门里钻入的凉风吹着，感觉自己要晕过去了。她闭上眼，咬紧唇，只想着路易斯弥的微笑，想着那一头在阳光下发棕到近乎发红的乱发，他在公园向她走来时，就是这头乱发让她觉得特别，可怜的路易斯弥，他根本不知道诺尔玛做了什么，巫婆做了什么，恰贝拉说服她做了什么，最开始巫婆一直说不行，真的不行，但恰贝拉软磨硬泡，啊呀，小姐，得帮帮她呀，帮帮这个小可怜，别这么浑蛋，臭巫婆，先别生气呀，你帮了我那么多次，帮了我的姑娘们那么多次，怎么这次就嫌麻烦了？你想让我付多少？巫婆只是摇头，根本不理恰贝拉，只顾在脏兮兮的厨房里把她那些破烂玩意儿搬来挪去，房间的天花板很矮，墙壁斑驳，钉着许多摆满落灰玻璃瓶的置物架，挂着很多眼睛被画掉的圣像画，还有私处大敞的大胸女人的剪贴画。好啦，臭巫婆，那小子也同意了，对吧小妞？她问诺尔玛。诺尔玛一开始沉默不语，但感觉恰贝拉在桌下踢了踢她的小腿肚，于是立刻用力点了点头，巫婆盯着她看了看，诺尔玛顿时后背发凉,但还是绷住了弦,面不改色,不知巫婆在诺尔玛的眼里读到了什么,她用木棍搅了搅炉子的炭火,说好,她可以做,接着就为诺尔玛熬起了她有名的汤药,那种又浓又咸的东西,巫婆往里面加入大量酒精,所以烫得吓人,她还往里面加了草叶和从那些破瓶子里舀出的粉末,最后把成药倒入诺尔玛面前桌上的玻璃瓶里,瓶子旁边有一盘粗盐,上面放着一颗被长匕首刺穿的腐烂苹果,周围是一圈凋零的花瓣。巫婆不想收钱,但恰贝拉还是硬往桌上扔了二百比索,巫婆看着钱,一脸嫌恶,那让诺尔玛觉得,只要她们一走,她就会把票子扔进火里烧掉;巫婆刚把汤药递来,她俩接过就立刻起身离开,诺尔玛不禁大松了一口气,一出门,刚走上回恰贝拉家的小路,两人就听见巫婆从厨房半掩的门口冲她们嚷嚷,她的声音怪异,沙哑又尖厉,诺尔玛扭头去看时,巫婆已放下面纱,但诺尔玛明白,她是在冲自己喊:你得把它都喝下去!忍住恶心,都喝下去!她喊道,你会肝肠寸断,但也得忍着……!不要害怕!你往下使劲儿,使劲儿,直到……!然后给他埋了!恰贝拉狠拽了一下她的手腕,指甲都掐进了她的肉里。那疯婆娘以为我是新手吗?她没好气地嘟哝了一句,之后就装作什么都没听见,只是加紧脚步走。你还是留在这儿吧……！最后巫婆喊了一声，但当时她们已经走远，那句哀求便显得有些虚弱无力，之后诺尔玛就听不清女巫的话了。她气喘吁吁，努力跟上恰贝拉，一只手紧握着小玻璃瓶，生怕它掉到地上摔个粉碎。贱巫婆，恰贝拉还在发牢骚，我怎么感觉她已经老糊涂了？妈的夸张成那样，好像我不明白这玩意儿是怎么回事似的，嗬，要知道，我可是第一个发现你那烤箱里已经烤上小蛋糕的人，对吧？你站在我跟前，换上我送你的裙子时，我就看出你的线条了，小秘密的线条，话说回来，你之前穿的那条裙子太像抹布了，小妞，你还记得吗？诺尔玛记得清清楚楚，那时她刚被路易斯弥带回家，也就三个礼拜吧，距离他们共度的第一晚刚三个礼拜，那天两人几乎整夜未眠，对彼此诉说着各自的经历，还有各种谎言，因为那会儿他们还不熟悉对方，不知道事情哪些是真，哪些是假，两人躺在光秃秃的床垫上轻声低语，因为路易斯弥"小窝"里电灯的保险丝断了，四周几乎全黑，她唯一能看见的是他笑起来时牙齿上的微光，那一晚的最后，他们发生了关系，或者说差不多发生了关系，诺尔玛一整晚都在等待那一刻，等待他因为收留她而直接扑上来、贪婪索取报偿的那一刻，她同时也害怕对方有所察觉，注意到自己浑圆的肚子或嘴里的气味,但她很幸运,因为路易斯弥那晚并没有吻她,他碰她的时候,也只是用指尖轻轻划过,只是腼腆地抚摸,她有时甚至以为那是从半掩的房门钻进来的蚊虫——或许是被两人身体散发的气味吸引而来——在扇动翅膀,他们慢慢褪下衣裳,好抵消屋内的潴热,诺尔玛觉得,那种潴热像是在自己身体里、在那个讨厌的隆起的肚子内部生成的,只要路易斯弥伸手来抚摸,肚子就一定会出卖她,但他却没有这么做,他什么都没做,事实上,那天夜里,他就只是躺在诺尔玛身边,而当她的双手在不安和等待催生的焦虑中开始采取主动,开始玩弄起路易斯弥的家伙时,他也只是喘息了几声,她把它提起来,就像几年前在给古斯塔沃或马诺洛洗澡时提起他们的小鸡鸡。她觉得好笑,因为她越碰,他们的小香肠就会越膨大、变硬,在她抚摸路易斯弥时,他和她的弟弟们一样,只是安静地待在那里,而当她终于决定跨过去骑在他瘦骨嶙峋的胯骨上时,他连哼都没哼一声,等她开始按强烈的节奏前后左右地晃动时——佩佩是那么喜欢她这样做,路易斯弥却无动于衷,诺尔玛没有听见他愉悦的呻吟,一声都没有。他也没有试图去摸她的胸或抓她的屁股,他什么都没做,只是沉默着,一动不动,让看不见他脸的诺尔玛不禁觉得他是在自己身下睡着了，她因此备感屈辱，眼角甚至淌下泪来，只好从他身上离开，躺回到床垫上，背过身去，整个人浸在刚才那场徒劳的努力惹出的淋漓汗液里，眼睛直盯着那块木板——它被路易斯弥当作屋门抵在门口——上方的一小条天鹅绒般的深蓝夜空。就在要睡着时，她感觉到路易斯弥靠近了自己的后背，腼腆地把手放在了她赤裸的腰肢上，干燥的嘴唇吻着她肩胛骨间的位置，诺尔玛不禁颤抖了一下，接着便用手去摸索他，但这次占据主动的是他：他一直吻着她的后背，并在某一刻突然进入了她，那过程容易得惊人，要知道，他进攻的目的地并不是刚才的那个小洞，而是另一个，佩佩唯一没有宣示过主权的那一个，因为她一直觉得那种行为很恶心，而且怀疑自己会很疼，不过跟路易斯弥这么做倒让她愉悦，或许是因为他没有用自己的体重压垮她，或许是因为他和佩佩的动作不太一样，总之，他用一种特别的节奏在她的身体内进进出出，让她在快感的推搡下忍不住发出了一声呻吟，只低低的一声，路易斯弥就立刻停了下来，他整个人仿佛因恐惧而石化，只能由诺尔玛把事情接着进行下去，她迫不及待地想让他到达顶峰，想感受他在她的身体里达到高潮，恨不得一下子完成任务，一了百了，然而在疯狂地摇晃了好长一段时间之后，在她让对方进入到她身体所能允许的最深处之后，路易斯弥一句话都没说，只是再次把自己的手放在了诺尔玛的腰上，从她身体里轻轻地、完全萎谢地撤了出来，像是一句无声的道歉。等诺尔玛终于睡着时，已经不知是几点了。待她被盈满尿液的膀胱的刺痛唤醒、再次睁开双眼时，天色已大亮，她想叫醒路易斯弥，问他厕所在哪儿，但对方没有反应，她晃了晃他的肩，还是没反应，他在床垫上缩成一团，一节节椎骨在黝黑的皮肤下清晰可见，让人觉得生疼，他那么瘦，让诺尔玛突然觉得，他可能比自己还小，两胁突兀嶙峋，蔫蔫的阴茎像胆怯的蜗牛藏匿在两腿间生出的毛发丛林中，双臂枯瘦，嘴唇饱满，在梦中吮吸着自己的大拇指。诺尔玛坐在床垫上，穿好前一日的裙子，想着或许自己在他身边动一动，他就会醒来，但他仍只是嘬着手指继续睡着，她于是站起身来，挪开当门用的木板，走到院子最深处，蹲下来上了厕所。都排空后，她抖了抖屁股，甩掉最后一滴可能会顺腿流下的尿液，站起身来，放下裙子，看了看院子另一侧由砖墙筑起的房子，意外地发现一个长卷发的女人正从敞开的窗口里向她做手势。诺尔玛环视四周，确定院子里没有别人，那女人是在和自己说话。别那么不讲究，小妞，这是诺尔玛走到窗前时那女人和她说的第一句话，对方冲她笑笑，厚厚的唇涂成了石榴红，她裸着双肩，头发披散开来，在早晨的湿气里格外蓬松，仿佛一圈红棕色的光晕，环绕着扑过粉却又被弄花了的浓妆割裂的脸庞，一定是路易斯弥的妈妈，诺尔玛想起他的头发和这个女人的很像，羞红了脸。女人点了一根烟，里面有厕所，她说着，把第一口烟吹在了诺尔玛的头发上方，她用燃着的烟头指了指屋里，你要用的话，就去，放心，我不咬人。诺尔玛点点头，傻傻盯着对方有些像小丑的红唇里那两排虽然发黄却完好整齐的牙齿看了看。我叫恰贝拉，你呢，你是谁啊？诺尔玛，女孩在自以为足够谨慎的停顿后回答。诺尔玛，恰贝拉重复着，诺尔玛……你知道吗？你和小克拉拉像极了，我最小的妹妹，他妈的好多年没见了，你真的太像她了，你肯定也和小克拉拉一样贱，对吗？你来是为了操那小子的吧？她说着，挑了挑黑眉笔勾出的眉毛，用烟头指了指路易斯弥还睡在里面的破烂屋子。诺尔玛咬紧嘴唇，再次红了脸，恰贝拉在揣摩了一番对方的沉默后，发出了尖厉的大笑，接着又叫起来，那声音刺透了清晨的雾气，一定都传到了公路上，你过分了啊，浑蛋！这女孩也太小了！之后她又转过头来看诺尔玛，虽然带着微笑，却不太温柔，甚至有点儿凶，你真她妈太像小克拉拉了，小妞，就是得洗澡了，一股臭鱼味儿，身上这条裙子也太脏了。我只有这一条裙子，诺尔玛的声音微细如丝，恰贝拉眯起眼睛，表示难以置信，她急急抽了最后一口，没把火焰灭就把剩下的半根烟扔向了院子，她轻拍了一下诺尔玛，示意她进去，但女孩却站着，迟疑不决。走吧，别傻站着了，恰贝拉在从窗口消失前冲她嚷了一句，诺尔玛绕过去，从一扇敞开的门走进了房子，进门后的房间似乎既是客厅，又是餐厅，也是厨房，墙面被刷成了不同深浅的绿色，闻起来有烟灰、灶台油污和被代谢过的酒精的味道，屋子中间的沙发椅上瘫坐着一个男人，双腿大开，两手交叉搭在肚子上，他戴着墨镜，花白胡子稀疏，正在看电视上的竞赛节目，不过音量开得很低。诺尔玛在门口迟疑了一下，接着嘟哝着问了句好，点了点头，在经过电视屏幕时加快了脚步，免得打扰到那个男人。几秒钟后，他张开嘴发出长长的洪亮鼾声，诺尔玛这才发觉，男人其实睡得正熟。跟着烟味和恰贝拉沙哑的声音——她一直在说话——诺尔玛穿过一道短短的走廊，来到一扇半掩的门前，把头探了进去。这是我的卧室，恰贝拉告诉她，你喜欢吗？诺尔玛还没来得及回答，对方就继续说道，是我选的颜色，我希望自己的卧室跟艺伎的一样，你看像不像？这儿有几条我几乎不穿的连衣裙，本来想着要送给"王者之剑"的姑娘们，但她们都是些不知感恩的婊子，只想着怎样踩在别人头上往上爬，我他妈的才不想管她们呢。诺尔玛看了看黑红相间的墙壁、或许因为湿气和尼古丁而泛黄的白色纱帘和那张巨大到几乎占据了整个房间的床，床上摆了一大摞衣服、鞋子、衣架、装有乳液和化妆品的瓶瓶罐罐，还有胸罩。来，试试这件，恰贝拉发话，她手上拿了一条红色莱卡面料做底、装饰着蓝色波点的衣裳，快点儿，进来，说好了，我不咬人的，别傻站着了，小妞，你说你叫什么来着？诺尔玛张口刚要答，恰贝拉就发表了自己的权威见解，她根本没想停嘴听对方的答案，这个世界是属于活人的，你要是犯傻，就会任人宰割，所以，你得让那浑小子给你买衣服，你别给我犯傻，男人都一样，他们全都是爱占便宜的蠢货，就得时不时抽几鞭子，让他们给些好处，对那浑小子也一样，你得厉害点儿，不然那些钱他就都拿去嗑药了，不用多久你他妈的就得开始养他了，小克拉拉，我这么说是因为我了解他，我了解那个讨人嫌的浑蛋的花花肠子，我自己生的我还不知道吗？所以你别这么迷迷糊糊的，你得催着他，让他给你买衣服，让他给你花钱，让他带你去比利亚逛，天杀的男人就得这么管，得让他们忙起来，不然这些人成天就想着那些劳什子烂事。诺尔玛点点头，没忍住笑出了声，正巧恰贝拉沉默了一下，诺尔玛赶忙捂住嘴，于是两人一起听见了从客厅传来的熟睡男人的洪亮鼾声。妈的小克拉拉，我看你那笑是憋不住了，小贱货，恰贝拉说着，自己也笑了起来，露出硕大的黄牙齿，看见了吗，那个窝囊废，出车祸以前也是个真正的男人，一个扬扬得意的浑蛋，他被彻底毁了，小克拉拉，他妈的变成了一个废物，一个狗屎醉鬼，我每天工作回来累得要死，他连个咖啡都没法给我煮，就应该让他滚蛋，对不对？把他换了，换个新款，换个真正的男人来，追我的人可多着呢，知道吗？你看我年纪不小，但只要我在比利亚出现，他们还是都会扭头看我，我打个响指，那些浑蛋就会排起长队，还会打架，争着要跟我在一起，要讨得我欢心……哎你倒是过来啊，小克拉拉，别给我傻站着，小妞。诺尔玛手里拿着那条裙子，朝房间中央走去，恰贝拉的喋喋不休和说话时抽个不停的烟都让诺尔玛不知所措，恰贝拉弯腰把地上的东西拾起来，放在床上，又把床罩上堆着的衣服拿起来，冷漠地丢到地上，嘴里一直叼着烟，但不咳嗽，呼吸也不带喘。小克拉拉，你觉得呢，那个天杀的瘸子，我是让他滚，还是留着他？说到底这是我的家，妈的，我撅着屁股一砖一瓦建起来的，跟你说，那浑蛋就没动过一根指头帮我。恰贝拉掌心朝上把手一扬，转了一圈，指了指家具、屋里的其他摆设、墙壁和窗帘，显然把整个家和这块地都算上了，或许把整个村子都囊括进去了。诺尔玛咬了咬嘴唇，自己的回答事关重大，这让她不安，好在恰贝拉在继续自己冗长的演说，根本没给小姑娘插话的机会。所以啊，你可得小心点儿，小克拉拉，你这么年轻，小妞，但凡能找个好点儿的人，就别跟那浑小子在一起，不好意思啊，我这么跟你说话，但我是真心为你好，我不知道你看上那小浑蛋什么了，但你肯定能找个更好的，你和我都知道，那浑蛋这辈子都干不出什么好事来，你要是愿意的话，我给你出路费，你走吧，回你们村，无论是从什么破地方来的，都回去吧，你要是拉马托萨的，我就把蛋割给你，虽然我也没有蛋吧……你不是这儿的对吧？肯定连比利亚的都不是……哎呀，我的上帝啊，小克拉拉，你怎么还这样杵在原地啊？姑娘，快把你那破裙子脱了，你别跟我说不好意思，说到底，你有的我也都有，快点儿吧，别磨蹭了！诺尔玛没办法，只得脱下身上的棉布裙子，扔在地上，又赶快把脑袋和胳膊套进路易斯弥母亲递来的另一条裙子里。那布料很软，又很有弹性，紧贴着身子。唯一一面漆成黑色的墙上挂着一面镜子，她照了照，惊恐地发现自己的肚子更大了。妈的小克拉拉，恰贝拉在她身后发话了，你怎么不早说你都怀孕这么久了？路易斯弥母亲的脸出现在镜中诺尔玛的肩膀上方，那张涂成石榴红的嘴不怀好意地笑了笑。来，撩起来，她命令道，诺尔玛见她身体贴过来，声音又那么坚决，只感到惶恐，便轻轻弯腰，捏住裙角，掀了起来。恰贝拉没有注意她汗毛很重的双腿和赤裸裸的阴部，只是毫无顾忌地盯着诺尔玛浑圆的肚子看，她伸出一根手指，用涂成荧光绿的指甲划过那条将诺尔玛的腹部一分为二的紫线，从阴毛开始生长的地方一直划到肚脐。女孩没觉得痒，只感到一阵晕眩、酸麻。这条线把你给卖了，恰贝拉说。诺尔玛放下裙子，把头扭过去，直直望向窗户，望向远处那一排在风中摇曳的棕榈，因为她不好意思看恰贝拉，也因为她不想去闻对方刚刚点起的又一根烟的味道。是路易斯弥的吗？女人问。不是，诺尔玛答。他知道你这样子吗？女孩耸耸肩，随后摇摇头。不知道，她又说。她看着镜子里的恰贝拉，女人眯眼瞧着她的肚子，若有所思，她叉着手臂，开始焦虑地把烟灰朝半空弹落。嗯，在用一侧嘴角吐出长长一口烟后，她终于说，咱们暂时什么都不跟他说，好吧？诺尔玛只看着镜子里的对方。因为，你不想要它吧？还是，想要？诺尔玛感觉耳朵热了起来，脸颊也烧烧的。要是你不想要，我认识个人可以帮你，这人知道怎么处理这种事，她精神有些错乱，可怜啊，说实话让人有点儿害怕，但实际上是个很好的人，到时候你就知道了，估计都不会跟咱们要钱，她已经把我和"王者之剑"的姑娘们从麻烦里救出来好多回了，如果你不想要，咱们可以让她帮你打掉，还是说你想要？你得做个决定，小妞，还得快点儿，因为这肚子可不会越变越小。诺尔玛不敢看恰贝拉的眼睛，镜子里的都不敢，她只看着自己的身体，不仅肚子比以前大，胸也胀起来了，说不清比从前大了一个还是两个罩杯，一星期前，她就不再穿自己唯一的胸罩了，显然，从家里出逃的那天她也没戴它，因为想戴也戴不了了，只有那条裙子还算合适，恰贝拉正用两根手指把它从地上夹起来，脸上写满了恶心。她决定从巴耶城逃走的那天穿的就是这条裙子，还有一双已经开胶的鞋和一件毛衣，大巴朝海岸开去，天越来越热，毛衣很快就没法穿了，诺尔玛也不知把它忘在了哪里。肯定是被司机叫醒而后轰下车时落在大巴的座位上了。也或许是丢在了那片甘蔗田里，当时有几个货车司机想猥亵她，她拼命找地方躲了过去。恰贝拉终于闭上了嘴，不再说话，有那么一刻，诺尔玛被这沉默鼓动，甚至想张口把一切都告诉对方：一切，毫无保留地全盘托出，但就在那时，有人在院子里喊了声她的名字，让她分了心。是路易斯弥站在窗外。穿着内裤的路易斯弥被阳光晒得眯缝起眼睛（或许是生气了？），头发乱糟糟的。你在那儿干吗呢？终于在阴暗的房间中分辨出诺尔玛的身影后，他问她。关你该死的什么事？蠢货，管闲事，恰贝拉吼了他一句，嘴里又叼起一根烟。路易斯弥瞟了眼自己的母亲，仿佛想用目光消灭掉她整个人，接着努努嘴，扭出一副可怕的表情，转头往那个歪歪斜斜、几近倒塌、被他称为"小窝"的洞穴走过去。诺尔玛决定跟着他过去。她向恰贝拉道了谢，感谢对方送她裙子，接着小跑步穿过客厅，再次经过那个开着电视熟睡的男人身侧。我不希望你跟她说话，这是诺尔玛钻进"小窝"时路易斯弥和她说的第一句话。我不希望你跟她说话，也不希望你进那个房子，你明白了吗？他下达命令时并没有提高嗓音，但却狠狠抓住她的胳膊，胳膊上留下两道指印。如果你想尿尿，去后边，他继续说，但我不希望你去那边，我不想让你变成一个跟着她晃悠的婊子，你明白吗？诺尔玛说嗯，她明白了，甚至还给他道歉了，尽管并不明白自己为什么要道歉。接下来的几天里，路易斯弥还是整日在床垫上打着呼噜昏睡，有时能睡到下午很晚，诺尔玛受不了屋顶薄板散下来的热气，就会趁对方没醒，偷摸起身，溜到院子另一头砖墙屋里恰贝拉的厨房中去。她会从常开的那扇门进屋，在蒙拉——恰贝拉的丈夫——睡醒前煮好咖啡、煎好蛋、炖好豆泥、蒸好米饭，再配上熟蕉，或者做盘炸玉米片浇辣酱，再不然就用能找到的食材随便做点儿什么。之后恰贝拉就会下班回家，顶着蓬乱的鬈发，睁着因熬夜和烟熏而发红的双眼，踩着高跟鞋咔嗒咔嗒地走进屋，一瞧见桌上的饭菜，就会喜笑颜开：小克拉拉，我的心肝，你可比我更像个女主人，这小鸡蛋煎的，看着就香，我怎么就生了那么个不知好歹的操蛋儿子而不是你这样的好女儿呢。吃过饭，恰贝拉会抽最后一根烟，然后回到自己的房间，把床尾的电扇开到最大，躺倒休息。这时，诺尔玛会盛上满满一盘饭菜，穿过院子，叫醒路易斯弥，敦促他吃下去。这可怜的孩子太瘦了，诺尔玛用一只手差不多就能握住他的大臂，太瘦了，不用他吸气诺尔玛就能看清他的一根根肋骨。这么瘦，说实话，又这么丑，两颊长满青春痘，牙齿歪歪扭扭，黑人的那种扁鼻头，和拉马托萨的其他人一样头发又卷又硬。或许正因这样，看见他高兴，诺尔玛心里便会生出无限温柔：当他因她的某句傻话笑起来时，他的双眼会被快乐点亮一瞬，一直背负着的悲伤也会消散一瞬，他会在那短暂的一刻变回那个在比利亚的公园里走近她的男孩。当时她正坐在一把长椅上哭泣，饥渴交迫、身无分文；在这之前，她坐在从巴耶城开出的大巴上，被司机忽然叫醒，在一个前不着村后不着店、周围只有一望无际的蔗田的加油站边被轰下了车，只好沿着田间小路一直走，走到脸和胳膊都被晒伤，走到双脚炙热肿胀，走了很久才到达这个镇子的镇中心，其实，在路易斯弥走近她问她为什么哭时，诺尔玛几乎已经决定要穿过马路，走进公园对面的小旅馆——玛尔贝亚旅馆，它的一面墙上用红漆涂着名字，红得像血——求前台员工让她打一个电话，然后她就应该能和自己在巴耶城的妈妈说上话，告诉她自己在哪儿，为什么从家出逃，她会把一切都告诉她，妈妈也一定会冲她大吼并挂掉电话，诺尔玛会别无选择，只得回到公路上，叫个顺风车，请对方把她带到港口，好让她完成自己最初的计划，而且，如果运气好的话，或许她都不用去港口，或许海岸没有那么远，或许这附近就有高高的礁石能让她跳海。更糟糕的是，那些想猥亵她的货车司机出现在了公园的另一头，就在诺尔玛准备从长椅起身跑进小旅馆时，那个一头棕黄发丝的干瘦男孩出现了，他整个下午都在公园里离她最远的长椅上往诺尔玛这边瞟，他的朋友在他周围抽着大麻，不时哈哈大笑。他穿过广场，微笑着冲诺尔玛走来，坐在她身旁，问她怎么了，为什么哭。诺尔玛看了看那个男孩的眼睛，是黑色的，很黑，但很温柔，长长的睫毛环绕，为他的面容添上一抹梦幻色彩，尽管那张脸其余的部分都很难看——粗糙的双颊、丑陋的鼻子、肥厚的嘴唇。诺尔玛无意骗他，但也不敢照实说，就决定走中间路线：她说她哭是因为自己又渴又饿，不仅迷路了，还身无分文，因为她做了很糟很糟的事，所以也不能回家。但她没告诉对方，在那个下午之前，在因为没钱续买车票而被大巴司机扔在公路边上之前，她的计划是去港口，她记得以前和母亲去过一次，那时候她还小，弟弟妹妹们还没出生，她应该三四岁的样子，再细想想，那次旅行时，母亲可能已经怀上了马诺洛，只是她还不明白那意味着什么。那次去港口是诺尔玛记忆中最后一次单独和母亲出行，就只她们两人，坐在帐篷里看墨西哥湾，每天都下到温热的海水里游泳，还第一次吃到了炸鲷鱼和海蟹馅饼，她觉得那味道美妙极了。她也没告诉他自己到港口后准备立刻干什么：沿着她和母亲曾经待过的海滩一直走到城南拔地而起的巨大礁石，之后爬上去，爬到那庞然巨石的最高点，一头栽进下面深色的、躁怒的海水中，一了百了，结束自己的生命，也结束那个正在她体内长大的小东西的生命。这些她全没告诉他，只说自己又渴又饿，累得要死也怕得要死，因为在那个镇子上她谁都不认识，还因为在她往比利亚镇中心走的时候，有几个男的一直开着皮卡尾随她，所以她只好离开公路，躲进甘蔗田，那几个人在皮卡上一直冲她咂巴嘴，好像她是条母狗，开车的那个家伙一头金发、戴副墨镜，扣一顶牛仔宽檐帽，把音乐声关小，我要假装，自己还很正常，命令诺尔玛上车来，好像没你也能过下去，好像并不伤心抑郁，她怕极了，飞奔进一片蔗田，在灌木间把身子蜷成一团，直到那几个家伙失去兴致、发动车子离开，她才敢出来。就在那一刻，诺尔玛低低叫了一声——她发现他们就在公园另一侧教堂旁的小酒馆外，诺尔玛指了指他们的皮卡，路易斯弥紧张地笑了一下，扮了个鬼脸，露出歪歪扭扭的牙齿。他抓起她的手并捏紧，低声说，别指他们，永远都不要用手指那些人，他告诉她，她当时逃跑是非常聪明的做法，因为大家都知道，那个戴帽子的金头发是毒贩子，叫古柯·巴拉巴斯，常把女孩子拖走而后伤害她们。随后路易斯弥盯着地面，用有些颤抖的声音——好像不好意思似的——对诺尔玛说，自己也没钱帮她，但如果她愿意等一阵子，或许自己能弄点儿钱来，之后他们就可以去公园前面吃夹饼，如果诺尔玛愿意，她也可以跟他一起过夜，去他家，只不过他不住在比利亚，而是住在附近一个叫拉马托萨的村子里，离这儿十三公里半，当然，要看她愿不愿意了，这是他唯一能帮到她的事，只是希望她别哭坏了那双漂亮的眼睛，嗯，当然了，如果她愿意的话，不愿意也没关系……只不过她得答应他，无论如何都不能上那个古柯的车，因为全镇人都知道，那个白皮家伙是个狗娘养的，对女孩会做可怕至极的事，他现在不想讲那些事有多可怕，总之，重要的是诺尔玛得明白，绝对不能上那辆皮卡，也绝对不能去警察局求助，因为那些浑蛋都是一伙的，本质上是一种人。诺尔玛湿润的双眼溢满感激，干渴灼烧的喉咙发出声音承诺自己会照做，会等他。路易斯弥立刻离开去弄钱了，她坐在原地，两手放在膝头，双眼半闭，嘴唇紧绷，仿佛在祈祷，但其实是在努力忽视内心发出的微小声音，那声音叫着，说她真傻，就这样相信一个自己根本不认识的男人，对方肯定只是想占她便宜，花言巧语地骗她，因为男的都是这样，不是吗？那些浑蛋只会嘴上说说，但从不真做。不过，路易斯弥确实做到了，他证明了她内心的声音是错的。他耽搁了两个小时，最后还是回来了，那时公园里天色已暗，人都走光了，只剩抽大麻的那群家伙，他给她看了看自己弄来的钱，又带她去公园对面的夹饼店吃了东西，之后牵着她的手走在小镇歪歪斜斜的街上，覆满灰尘的寂静的街，杂种狗成群结队地走过，警惕地看着他们。后来两人穿过一大片柊果园，树上结满发青的果子，再往前是座吊桥，横在一条河上，那时黑暗已笼罩下来，完全看不见河水，再之后走上一条松软的土路，进入一片簌簌轻响的草地。那时夜色愈浓，诺尔玛看不见落脚之处，小路起起伏伏，时窄时宽，诺尔玛不明白，在那片黑暗里，路易斯弥是怎么看见路的，她感觉那条小路随时可能消失，之后两人就会磕磕撞撞地跌入深渊的底部，她因此紧攥着路易斯弥的手，每走几米就请对方不要走太快。后来遇到一条小溪，水面蚊虫密布，嗡鸣着威胁来者，但他们别无选择，必须蹚过去，这时路易斯弥搂住她，低声唱起歌来。他歌声很美，已经是男人的声音了，不像他的身体还是男孩的，在那片正吞噬他们的黑暗里，歌声抚慰着诺尔玛紧绷的神经，抚慰着她疼痛的、长满茧子的双脚，抚慰着她迷惑满溢的头脑，脑中那个声音还在不停下达指令，让她离开这个男孩，回到公路边，想办法去港口，爬上绝壁，跳进水里，粉身碎骨，一了百了。很久很久之后，那条被汹涌杂草掩盖的小路终于延伸进一个村落，村中没有街道，没有公园，甚至没有教堂，只有悲戚的灯光点染的几栋房子。他们顺着一片洼地而下，来到一栋小砖房前，门廊悬挂的赤裸灯泡照下光来。男孩没进屋，也没敲门，径直带她走到那片地的尽头，是一间小屋，他骄傲地说是自己一手建起来的，对诺尔玛来说，那个避难所已经完美得不能再完美，她太累了，还没等路易斯弥发话，就躺上床垫，低声给对方讲起了自己的故事，更确切地说，是部分她的故事，不让她那么害臊的部分，而他躺在另一边，只是听着，始终未曾试图碰她除脸颊和双手之外的任何地方，也没让她背过身去，分开腿，或让她跪下来，给他口交，就像每次睡在同一张床上时佩佩都会要求的那样。他会说，使劲舔，小姑娘，积极点儿，对，到最里面，别一副不乐意的样子，其实你喜欢着呢——但事情不是这样，诺尔玛一点儿都不喜欢，可他无论如何都会这么说，她也从来都没纠正过他，因为事实上，最开始她是喜欢的，事实上，最开始她甚至觉得佩佩有点儿帅，妈妈把他带到家里和他们同住，让他做诺尔玛和弟弟妹妹的继父时，她还有些高兴，因为有佩佩在，生活会好过一些，弟弟妹妹会少找她的麻烦，妈妈也不会把自己关在厕所里大喊她谁都没有，大喊她想死，也不会把孩子们都锁在屋子里自己出去买醉。但诺尔玛还没准备好告诉路易斯弥佩佩的事，她甚至不愿想起他，还有一直以来跟他做的事，因为如果她告诉路易斯弥发生了什么，对方肯定会觉得她竟然是这么可怕的人，就会后悔帮了她，会把她赶出家门，把她轰走，她会回到黑暗中，所以她只是讲了讲巴耶城是什么样，有多丑有多冷有多凄惨，讲了讲他们住的街区是什么样，讲了讲她和妈妈、妈妈的丈夫还有一群讨厌的弟弟妹妹——他们让她的生活水深火热——生活在一起，还讲了讲错都是弟弟妹妹们犯的，但妈妈一天到晚却只骂她。她甚至还给自己编造了个男朋友，一个跟她在同一所中学上学的男孩，不过在上初三，不是初一，一个很帅气、很叛逆的男生，长发，穿破洞牛仔裤，脾气暴躁，家里死活要让两人分开——她说了一大堆，只是为了不向路易斯弥坦白，她在那之前唯一亲过的男人是佩佩——她的继父，她妈妈的丈夫。她十二岁时，他二十九岁，一次，电视上放电影，他们两人盖着毯子，偎在沙发上，不知怎么，他嘲笑她没和别人接过吻，于是诺尔玛，纯粹想开玩笑，纯粹一时兴起，用手捧住他的脸，用力亲了上去，潮湿的巨大的亲吻声摩擦着佩佩的嘴唇和他想蓄却蓄不好的小胡子，他不禁哈哈大笑起来，接着开始不停胳肢她，引得弟弟妹妹都跑了过来。佩佩喜欢招惹她，他会掌心朝上把手放在她要坐的地方，好戳她的屁股，之后又装作与己无关的样子，她觉得这样很有意思——起码一开始是——因为他投来的关注让诺尔玛觉得自己是重要的，看动画片时，佩佩总要求坐在她旁边，他会搂着她，抚摸她的后背、肩膀、头发，不过这只发生在诺尔玛的母亲去工厂上班时，只发生在她的弟弟妹妹们都在邻居院子里和别的孩子玩耍时，而且身体总是在毯子下面，这样任何人都不会瞧见他们看电视时佩佩的手在干什么，他的手指那样划过诺尔玛的皮肤、勾勒出她身体的轮廓，从没有人那样抚摸过她，她的母亲都没有，哪怕在从前的好日子里、在只有母女两人的时光里也没有，那时，诺尔玛还不用跟别人争抢她，不用争夺她的关注、她的爱。佩佩的胳肢并不会让她觉得痒，他的爱抚反而会让她内心颤抖、黏腻，会让她为突然难禁的喘息感到羞赧，无论如何都要压抑住那呻吟，她怕弟弟妹妹听见，怕母亲知道，怕佩佩——那时候他看起来像在生她的气，因为他的呼吸变得粗重，眼睛也眯缝起来——知道自己有多喜欢这件事之后会放开她，会就此罢手，所以她只是死盯着电视屏幕，在动画片好笑的时候咧嘴微笑，仿佛她真的毫无感觉，仿佛她对佩佩的抚摸全然麻木，直到他厌倦了，或累了，从沙发上站起来，把自己关进厕所，等他回来时，会把手掌凑到诺尔玛的鼻子下，让她闻自己小便过后手上的味道，那时诺尔玛会笑起来，因为一切都重新变得奇妙和有趣，他之前不过是在开玩笑，而且佩佩只会对她表现出这种喜爱，他对她怀有的爱意超过了他对她弟弟妹妹的感情，甚至超过了对小佩佩——他几个月前刚和她妈妈生的宝宝——的爱。夜里，大家应该都睡着了，诺尔玛会仔细听佩佩和母亲的对话，尤其是那些谈到她的部分，母亲看她发育迅速，最近行为也有些奇怪，不免担心，又见佩佩这么关心女儿，她更是不爽得厉害，佩佩则让她不要那么傻，要理解，他就只是想给这个可怜的小姑娘一点儿关爱，她都没有过父亲啊，她感受到佩佩的真诚和纯粹的关爱后可能会觉得困惑，这很正常，她甚至可能有点儿迷上了他，哎呀，她就是情窦初开的年纪嘛，荷尔蒙乱窜，小可怜，可能觉得我对她的爱是另一种爱，现在她还太小，不知道该怎么表达小心脏里逐渐感到的悸动——他很会说话，这个佩佩，有时候都不像一个没读完高中的人，有时候更像一个学法律或学新闻的人，是学士或硕士，因为面对一切问题他都有答案，还会用上别人都没听过的词。诺尔玛的母亲就只呆呆听着，随后就会被说服，第二天起床，继续按部就班地生活、上班，把诺尔玛留在家里，让她送弟弟妹妹上学、给他们准备饭菜：诺尔玛，你已经不是小孩子了，很快就要变成大姑娘，你得像个样子，负起责任，给弟弟妹妹做榜样。你怎么回事啊？我不知在哪儿听说的，说你还在和特蕾还有其他那些闹哄哄的小女孩一起玩；怎么搞的？还有人跟我说，你跑到中学男生常去的那家台球厅去了。你以为我傻是吗，以为我不知道那里头什么样？他们都告诉我了，里面净是些小混混，他们就想着对那些心软的傻姑娘动手动脚，占她们便宜，最后把她们搞出个"礼拜日七"。诺尔玛摇摇头，说：不会的，妈妈，我不去那种地方，你放心走吧，我每天回家都会好好的。可之后自己一个人时，她又开始想母亲的话，不明白那个"礼拜日七"是什么意思，也不知道它和邻居家的女孩或街角的台球厅或对一个女孩动手动脚有什么关系，她有些担心，因为那会儿，佩佩正痴迷于要把手指伸进诺尔玛的身体，一定要把中指完完全全地送进去，尽管她会有灼烧感，尽管她的下腹部会刺痛，但他也一定要这么做。她还有更担心的事：一天下午，她的腹部突发痉挛，冲进学校厕所、坐在马桶上的那一刻，她发现内裤上都是血，深色的、腐烂的血，恰恰是从佩佩那几天反复搅动的那个洞里流出来的。终于还是发生了，她恐惧地想，妈妈和她反复说起、反复警告的那件事终于还是发生了：那个不祥的、会毁掉她自己的人生和全家人生活的"礼拜日七"终于来了，这是她允许佩佩把手指伸进她两腿之间所受的惩罚，肯定也是她自己抚弄那里的恶果，夜里，当别人不再能看见她、听见她，当弟弟妹妹四仰八叉地睡在她身边，当佩佩和她妈妈忙着让床铺的弹簧咯吱作响、无暇顾她时，她会想着佩佩，想着他的手指和他的舌头，自己抚弄那个小洞。因此，她决定不告诉任何人流血的事：她怕妈妈反应过来发生了什么，怕妈妈知道她做过的事，知道她在上班时佩佩一直在对她做的事。她怕他们把她赶出家门，因为妈妈常给她讲那些搞出"礼拜日七"的傻姑娘们的下场，讲她们如何被赶出家门，自生自灭，无依无靠，而这一切都是因为她们让男人占了便宜，因为她们没有自尊，大家都知道，女人允许男人进到哪一步，他们就会进到哪一步。那会儿，诺尔玛已经允许她继父做了许多事，太多事了，最可怕的是，她还想允许他做更多，允许他做他极其想做的、总在她耳边喃喃低语的那些事，也是学校里的男生们在厕所墙壁上涂涂画画的那些，街上的老头儿在走过她身旁时朝她嘟哝的那些，而她，也想让他们对她做，无论是佩佩还是男生们还是老头儿还是别的什么人，真的——只要可以让她不再去想、不再去感受那种痛苦的空虚，怎么都行，几个月来，这种空虚总让她在黎明时分、在母亲的闹钟响起前默默趴在枕头上哭泣，有些日子，甚至在最早的几辆卡车用尾气填满巴耶城清早铅灰色的冰寒空气之前，她就已经开始流泪，一种源自她内心深处的轻声啜泣，她自己也不明白为什么，但却觉得异常羞耻，不想让其他人知道：她已经这个年纪了，还会无缘无故地哭泣，好像自己还是小女孩一样。那是她妈妈一直对她反复强调的：她已不再是小女孩，很快要成为大姑娘了，要赢得别人的尊重，要给弟弟妹妹做榜样，在学校不要那么懒散，要配得上他们付给住在七号的堂娜露西塔——请她在下午照顾小佩佩——的那一大笔钱，要感激妈妈和佩佩为了让她继续学业、长大成才而付出的一切，尤其要记得去照妈妈的镜子——其实她想说的是，诺尔玛需要时时记着自己母亲犯过的错，不要重走她的老路，但过了些时候，她才终于明白，妈妈在谈论自己的过错时指的是什么，她指的是她和她的弟弟妹妹们，自然是这样，尤其是指她，第一个孩子，五个孩子中的第一个，如果算上帕特里西奥——愿他安息——就是六个，妈妈一个接一个，犯下六个错误，每一个都是想留住男人的一次绝望尝试，但男人们甚至不屑于承认自己是孩子的父亲，几乎每次都是这样。这些男人对于诺尔玛来说只是妈妈出门买醉时身上裹挟的影子，那些时候，妈妈总是穿着衬托双腿的透明丝袜和高跟鞋，但这些都是她绝不准诺尔玛尝试的穿搭。妈妈唯一一次撞见诺尔玛摆弄它们——当时她正踢踢踏踏穿着她的鞋，跟娜塔莉亚一起站在小墙面镜前涂抹妈妈的化妆品——那时她说：别给我犯傻。为什么想让男人看你？想让他们之后对你动手动脚吗？什么话你都当耳旁风，是吧？你怎么就不能从我犯的错里长记性呢，诺尔玛？把脸洗了，把那个脱了，你是怎么回事，叫人看见你这样上街？想什么呢，到时候再让邻居跟我说看见你穿我的衣服、涂我的口红。诺尔玛点点头，向母亲道歉，偷偷洗净自己染血的内裤，以免母亲把她赶出家门，以免看到自己最可怕的噩梦变成现实。直到有一天，她发现她之前弄错了，"礼拜日七"并不是把衣服弄脏的血，而是当自己不再流那种血时身体的变化。那天，在放学回家的路上，诺尔玛看见地上躺着一本封面破损的纸皮书，书名是《全龄儿童童话故事》，随意翻开一页，先瞧见一幅黑白插图，一个矮个子罗锅正吓得大哭，与此同时，一群长着蝙蝠翅膀的巫婆正将匕首刺入他的后背，那幅图画实在诡异，竟让诺尔玛忘记了时间和即将落下的大雨，忘记了自己要回家刷洗锅碗瓢盆，忘记了要在妈妈从工厂回来前照顾好弟弟妹妹，而就那样决定在公交车站把整本书读完，因为在家是没有时间读任何东西的，有时间也读不了，因为弟弟妹妹那么闹，电视那么吵，妈妈总在吼叫，佩佩则不停地插科打诨，而且刷完她在下午上学前做饭用的锅，还有一大堆活计等着她做。她用粗呢上衣的帽子遮住脑袋，把腿缩在裙摆下，开始读那本小书，书里有两个老伙计，都是罗锅——故事就叫《两个罗锅的故事》。一天下午，一个罗锅在家附近的树林里迷路了，那是一片黝黑的森林，人们都说有巫婆聚在林中行坏事，矮个子罗锅见寻不着回家的路，不禁胆战心惊，在一片晦暗中一直走到了天黑，他突然看见远处有一团篝火，以为有人露营，觉得自己有救了，就跑过去。待到达那片燃着大簇火焰的林间空地时，他才心头一惊，发现是一场群魔聚会，一群巫婆——那些恐怖的女人——没有人手，只有兽爪，都长着蝙蝠翅膀，在巨大的篝火旁鬼魅般地翻飞舞蹈，同时唱着：礼拜一礼拜二礼拜三，三；礼拜一礼拜二礼拜三，三；礼拜一礼拜二礼拜三，三……一边唱一边爆发出妖女特有的慑人大笑，并不时朝着天上的满月发出嗥叫，罗锅藏在火堆附近的一块巨石背后，巫婆们并没有看见他。他听着那重复的唱诵，不知怎的，被一种难以解释且无法抗拒的冲动俘获了，在巫婆再次唱到礼拜一礼拜二礼拜三，三时，罗锅吸了一口气，跳到藏身的巨石上方，用尽肺部的所有力量，喊道：礼拜四礼拜五礼拜六，六。他的喊声在那片林间空地里异常有力地回响起来，巫婆们听见后惊愕不已，一时间在火堆周围呆住了，篝火把阴影投在她们的禽兽脸孔上。不过几秒，她们纷纷腾空而起，在林木间翻转盘旋，尖叫呼号，说要找到唱出那句话的人类，可怜的罗锅躲在巨石后面，想着自己此刻的命运，不禁瑟瑟发抖，但当巫婆们终于发现他时，并没有像他预想的那样伤害他，没有把他变成蛤蟆或者蠕虫，更没有把他吃掉，而是一同把他抓起，施展巫术变出巨大的魔剑，削掉了他的罗锅，并且滴血未流，全无疼痛。事实上，巫婆们很高兴，因为她们早已感觉自己的唱词有点儿单调了，那矮个子人类正好帮她们完善了歌谣。罗锅见自己的罗锅没了，后背平整直挺，不用再佝偻着走路，心里大喜，幸福得要命，巫婆们不仅帮他医好了罗锅，还送了他一口装满黄金的锅，以向他表达谢意，感谢他把她们的歌改得这样好，在重新开始聚会前，她们还给他指明了走出那片美妙林地的路。矮个子跑回家，把经历从头到尾讲给了自己的邻居——他也是个罗锅——向他展示了自己平直的后背和巫婆赠予的财富，不想邻居是个善妒的卑鄙小人，觉得自己更聪明、更重要，比别人更配得上这样的奖赏，他还觉得那些巫婆很愚蠢，竟这样随意赠送金子，于是在接下来的礼拜五，善妒的罗锅决定如法炮制邻居的经历。天黑后，他跑进树林，想找到那些蠢巫婆的聚会地，在黑暗中走了好几个小时后，他也迷路了，在一棵树下坐下来，恐惧又绝望。正要哭时，他依稀望见在远处，在林子更茂密、更幽深的地方，正燃着篝火，一群巫婆围着火光飞舞、歌唱：礼拜一礼拜二礼拜三，三；礼拜四礼拜五礼拜六，六；礼拜一礼拜二礼拜三，三；礼拜四礼拜五礼拜六，六……善妒的邻居向她们跑去，也藏在那块巨石后面，在巫婆又一次唱起礼拜一礼拜二礼拜三，三；礼拜四礼拜五礼拜六，六时，那可怜的矮个子——他尽管自觉比邻居更聪明，但实际上却是个不太灵光的人——张开大嘴，长长吸了一口气，还把手放在脸庞两侧，好让自己的声音更响亮：礼拜日，七！他竭尽全力吼出来，听见他的吼声，舞蹈中的巫婆们惊呆了，都被这意外的声音冻在了原地，蠢蛋罗锅从藏身的地方跳出来，张开双臂，现身在众巫婆面前，在他的想象中，她们即将围上来帮他削掉罗锅，还会再赠他一锅金子，比邻居那口锅还要大，但他很快意识到，巫婆们发怒了，她们开始用自己的指甲抓扯胸脯，撕下条条鲜肉，她们割花自己的脸颊，揪下瘆人的脸孔上方的粗硬头发，像愤怒的野兽般咆哮起来，问是哪个不要脸的家伙说出了礼拜日，是哪个蠢货毁了我们的歌谣，很快，她们便注意到了那个卑鄙小人，于是纷纷飞过去，施用魔力和巫术，变出了她们切下的第一个男人的罗锅，把它贴在了第二个男人的肚子上，以惩罚他的莽撞与贪婪，她们没有赠予他一锅黄金，而是拿出一锅肉瘤，只见它们纷纷跳出容器，贴在了那个倒霉鬼的身上。这家伙没办法，只好背着两个罗锅、带着满脸满身的肉瘤回了村子，这一切都是因为他喊出了那句"礼拜日，七"，书上这样解释。在故事的最后一幅插图中，善妒的邻居挺着两个罗锅，一个罗锅压垮了他的肩膀，另一个让他像怀孕一样大着肚子，那一刻，诺尔玛才终于明白，自己之前竟然傻到认为那个不祥的"礼拜日七"说的是每个月弄脏内裤的污血，可实际上，它指的显然是那种血不再流之后发生的事，是母亲套上肉色丝袜、蹬上高跟鞋在夜间频繁出门之后过一阵子会发生的事——她的肚子会突然开始胀大，直到大得夸张，最后挤出一个新孩子来，一个新弟弟/妹妹，一个新错误，继而给母亲，更给诺尔玛带来一堆新麻烦，包括熬夜，压抑，疲惫，臭气熏天的尿不湿，堆成小山的被吐脏的衣服，没完没了、无止无休、无穷无尽的号哭，那个小小的嘴一张，就是要吃或要哭，那个小小的身体，必须时刻看护、照顾、管束，直到母亲下班回家，而母亲筋疲力尽，饥饿难忍，愤怒又肮脏，和最小的弟弟一个样——她是另一个诺尔玛需要喂养、抚摸、安慰的孩子，她会给母亲因长时间站在纺织机前一遍遍重复同样的动作而磨出的茧子、僵掉的肌肉抹上婴儿油，仔细地按摩，最重要的是听她说话，这是最最重要的：听母亲诉苦、抱怨、控诉，听她已经说过千百遍的告诫，要点头，说她说得有理，边微笑边看着她的眼睛，在她哭时吻她的额头，轻拍她的后背，如果诺尔玛能让她发泄出来，如果诺尔玛能让她卸下压迫她内心的苦闷，或许过些时候她就不会把自己锁在厕所里大吼她想死，也不会出门买醉，寻求男人的关注和爱抚，任自己被那群浑蛋伤害，那些家伙都一样，最开始说要为你摘星星摘月亮，没过一会儿就把你甩在地上，看你像看一块又老又臭的地毯，但你可不能这么傻啊，诺尔玛，你不能相信他们，别想要他们的温柔，什么都别想要，他们都是臭狗屎，你得比他们更精明才行，得保持自尊，因为你允许他们进到哪一步，他们就会进到哪一步，那种时候你得比他们更聪明，要守护好自己，直到遇到一个好人，一个诚实、勤劳、能满足你的男人，像佩佩一样的好男人，你可不要搞出个"礼拜日七"。诺尔玛点点头，说好，她会照做，她绝不会相信男人说的任何事情，不会在他们的卑鄙面前低头，不会在他们为了伤害女人而做的那些恶心事面前低头，但黎明时分，当她在床上默默流泪时，想的却是自己内心一定有很丑恶的东西，污秽不堪的腐烂东西，所以才那么享受和佩佩一起做的那些事。在工厂值第三班的日子里，他会在诺尔玛的母亲出门上班时回到家，之后直接走进厨房，让诺尔玛停下手中的家务，把她带到他和妈妈睡的那张大床的床尾，脱下她的衣服——尽管她还没来得及洗澡——让她在冰凉的床单上躺下，因为冷，也因为知道要发生什么，她会开始颤抖，而他则会用自己赤裸的身体裹住她，用力把她搂在自己结实的胸肌上，带着某种野蛮的饥渴亲她的嘴，让诺尔玛觉得既美妙又恶心，但是她有秘诀应对：不去想。在佩佩抓住她的胸脯吸吮时什么都不想；在他骑在她身上，用沾满口水的阴茎把那个他们盖着毯子看电视时他已经用手指打开的孔洞撑得越来越大、越来越宽时什么都不想。在佩佩之前，那个地方什么都没有，只有一些皮肤褶皱，坐在马桶上时，那儿是排小便的地方，当然，还有另一个洞，是排大便的地方，但谁知道佩佩用了什么本事，怎么又搞出了一个小洞呢？日子一天天过去，随着佩佩长满茧子的手指以及他的舌尖的挑弄，那个小洞越变越大，变得可以装得下她继父的整个阴茎，进到最里面，他会这么说，顶到头，就应该这样，这是诺尔玛应得的，是她这么多年一直默默求得的，不是吗？因为她给他的那个吻就在那里，像一个证据，证明一切都是她挑起的，是她，是她用眼神祈求着诱惑了他，是她在床上扭得那么起劲，是她，她自己在他直挺挺的阴茎上一坐到底，绝望地、着魔地、迫不及待要接受他的体液，所以他在她里面只能坚持很短的时间，她那么美味，那么紧致，在他的怀里是那么柔软。哎呀，在她小时候，他就注意到了她的热情似火，那时就预见她将来会是床上的好手，从她走路时扭着腰臀的样子就能看出来，还有她看他的方式：总想黏着他，贴着他，在他做运动时或脱下衣服要洗澡时偷偷看他，带着那种坏坏的微笑，不像小女孩而像一个欲火中烧的女人的笑，这个女人会是他的，早晚都是他的，不过要先让她准备好，对吗？要教育她，教会她，让她一点点习惯，免得伤害到她，他可不是个禽兽，恰恰相反，他只会给她她想要的东西：美妙的爱抚、温柔的轻触、对那对胸脯——在他日复一日的揉弄下它们已逐渐膨胀起来——的按摩。乳头被好好吸吮了一阵之后已经胀大，两腿之间的那片三角地带因对那个小铃铛的抚摩而变得湿润，还有那个他喜欢吸吮的小生蚝也已经准备好，这样，在最后一刻，他的阴茎自然会滑进去，绝不会伤到她，而是恰恰相反：因为这是诺尔玛向他要的，是她自己的身体要求的。要不是你跟我要，诺尔玛，我的家伙是不会整个儿都进去的，看见了吗？如果你不喜欢我对你做的事，你不会这么湿的。继父在耳旁这么说时，诺尔玛会咬紧嘴唇，集中自己的一切力

147

量保持腰臀的愤怒节奏，因为她晃得越起劲、越快，佩佩就会越早达到高潮，她也就能越早蜷在他的腋下，他会抱着她，轻摇她，亲吻她的额头，同时他的家伙也会再次硬起来。那才是诺尔玛一直期盼的时刻：她可以闭上眼睛，把自己赤裸的身体贴在佩佩的身上，在某一刻——这一刻总是过于短暂——忘记自己内心有邪恶可怕的东西在驱使她去寻求那种接触、那种深深的拥抱，并期望它能永远延续，尽管这意味着背叛母亲，意味着在母亲为诺尔玛和弟弟妹妹付出那么多后背叛她。每次到最后，她都会觉得自己恶心，会对自己生出某种顽固的仇恨，因为诺尔玛正在毁掉母亲和一个男人——他可以做她孩子们的父亲，还可以和她在礼拜六的夜晚把床垫晃得咯吱作响——幸福生活下去的最后一次机会。被汹涌的恶心和快感、羞耻和疼痛裹挟的诺尔玛不知道那是怎么发生的，不知道自己怎么就怀孕了，她以为佩佩会负责盯牢一切，佩佩知道怎么计算日子，会记录她的月经周期，一直注意观察她流血的情况，知道什么时候可以做，什么时候不可以，有一阵子他甚至会给她吃一种小药片，让他想什么时候在她身体里高潮都可以，但之后他又开始害怕诺尔玛的母亲发现，就不再给她吃了。诺尔玛不知道事情是什么时候发生的，她只感觉人生突然变得比从前更加灰暗和寒冷，对她来说，在清晨五点起床——给母亲煮好咖啡、备好要带去工厂的午饭——已变得越来越费劲，在学校里，她困得不停地打哈欠，还愈发地怕冷，尽管饭菜变得很难吃，她还是时时刻刻都觉得饿，她只想吃面包，甜的、咸的、刚出炉的新鲜的或陈旧发硬乃至发霉的都行，她时时刻刻都想吃面包，其余食物——比如炖西红柿——的味道会令她作呕，小巴上跟她贴身站的乘客身上的臭味也让她想吐，更不要提弟弟妹妹们的酸臭气味了，尤其是古斯塔沃，已经那么大了，还不会自己擦屁股，晚上还一定要贴着她睡，那种粪便混着汗臭的气味一直紧跟诺尔玛，沾附在她的鼻子里不散，让她夜不成寐，只想一脚把弟弟踹下床去，揪住他的头发，狠狠地揍他，直到他学会好好擦屁股，这只小臭猪，哪天我非把你扔到街上去不可，把你丢了，让人把你拐走，我要扯着他们的糟乱头发把他们都扔到外面去，让人贩子带走他们，看他们还淘不淘气了，看看是不是这样的话，生活就能回到从前，回到只有诺尔玛和母亲两人的时候，回到她们来巴耶城租住阴冷的日租房之前。那些日租房连做饭的地方都没有，两人就靠最便宜的吐司、香蕉和炼乳度日，即便如此，妈妈还是越来越胖，胖到没法弯下腰去绑自己破凉鞋的带子。某个清晨,诺尔玛被冻醒时发现床上只有自己一个人,妈妈不知去了哪儿,用钥匙把她锁在了家里,无论她怎么哭,哭了多久——她自己感觉有好几天——妈妈都没有出现,一直到两晚之后,她才面色苍白、眼圈发黑地回了家,怀里抱着个包裹,是她的弟弟马诺洛,一个浑身褶子、哭声刺耳、一直抓着妈妈胸脯不放的小精灵,一个在母亲出门找工作、诺尔玛留在家照顾他时号个不停的家伙。马诺洛之后是娜塔莉亚,娜塔莉亚之后是古斯塔沃,再之后就是帕特里西奥了,可怜的帕特里西奥。日租房越来越冷,越来越潮,诺尔玛已几乎见不着母亲,她终于在一家做呢子衣服的工厂找到了工作,有时一下子做两班,才勉强赚够维持一家人生计的薪水,诺尔玛很想念母亲,但她很快就明白过来,如果妈妈下班回家时自己去哭,或者去抱怨弟弟妹妹和他们犯的错、闯的祸,妈妈就会非常非常难过,之后就会穿上鞋出门去找人请她喝一杯,所以诺尔玛选择闭嘴。她不能辜负她,她得帮她,如果妈妈孤身一人,没有诺尔玛,每天都被那些乱叫的小崽子围着,她一定会疯掉的,这是妈妈常对她说的话,说没有诺尔玛、没有她的帮助,自己就活不下去了。所以,想到诺尔玛这么傻,她就气不打一处来,什么事都只当耳旁风，从不把她的警告当回事，怎么从学校回来得越来越晚了，他妈的，你该待的地方是这儿，是家里，诺尔玛。这么晚了你他妈去哪儿混了？怎么耽搁这么久？说什么在街上看书？你以为我傻啊，以为我什么都不懂吗？你肯定是和哪个臭小子鬼混来着，把弟弟妹妹撇在家里，你不害臊吗？还总得补考，你不内疚吗？瞅瞅你那黑眼圈、大肚子，跟头鲸鱼似的，肯定一肚子坏水，蠢猪，你把孩子们的面包都给吃了，现在拿什么给他们加餐，你眼里就没我这个妈，真的，真是个浑丫头。佩佩说，好了，亲爱的，消消气，有什么大问题啊？这他妈的浑丫头就是问题，成天在外面放荡，搞出个"礼拜日七"咱们可怎么办？咱们怎么办？什么都不用办，亲爱的，你干吗这么难过啊，人生不就是这样吗？咱们一家人，要一起面对，对不对？咱们要互相扶持、同心协力，不是吗？他说着，还大胆地趁妈妈不注意冲诺尔玛挤了挤眼睛。如果诺尔玛怀了孩子，咱们就给他冠上我的姓，一起来照顾他，好不好？妈妈说，我要是从哪儿听说你跟那些中学的浑小子鬼混，我就把你赶出家门，听见了没有？佩佩和我累弯了腰，可不是为了让你出去乱搞。诺尔玛咬住嘴唇和舌头，没回母亲的话，她宁可把舌头连根扯下来也不愿告诉她事实，告诉她佩佩和自己在母亲床上干的事，因为诺尔玛坚信，这样会毁掉母亲，虽然也许她真正怕的是母亲不相信她。如果诺尔玛说出实情，但佩佩又说服妈妈一切都是谎言，那该怎么办？或者妈妈信了她，但无论如何还是要跟佩佩在一起，还要把她赶出家门，那又该怎么办？或许最好的办法就是一走了之，在肚子明显凸出之前走掉，逃出家门，逃离巴耶城，逃开那时至五月却依然刺骨的清晨的寒凉，回到港口，回到妈妈和自己在港口度假的日子，重新爬上海岸的礁石，带着一切、带着在她肚子里长大的那个东西跳进海里。妈妈不会找到她的。她会认为诺尔玛是和哪个男孩私奔了，或许会生气到不愿去找她，而不会在夜里边想着她的好边哭泣，不会想她帮了她那么多忙，不会想没了她家里空空荡荡。最好是在妈妈不再需要她之前逃跑，死也比失去她要好。因此她才答应了恰贝拉，当时，在拉马托萨已待了三个礼拜，路易斯弥也已开始用温柔的目光望着她的肚子，尽管她还没敢告诉他任何事。跟路易斯弥的关系就是这样：他们几乎不说话。他总是在中午过后、小屋里的热气如地狱般难耐时才醒来，去河里洗澡前，他会先吃下诺尔玛做的饭，从不抱怨难吃也从不称赞可口，因为他知道，食物都是恰贝拉掏钱买来的。路易斯弥从不给诺尔玛钱，他不会像她妈妈那样，去工厂上班前给她留一点儿票子，除了那间破屋子，他什么都不给她，有些日子，而且只在她要求的时候，他才会在清晨把自己蔫蔫的家伙给她，诺尔玛——更多是为了报答对方的好意而不是因为她有欲望——会骑到对方身上，弯下身子去亲对方半开半合的嘴，那张永远透着啤酒臭气和别人口水味的嘴，那张永远不拒绝但也从不迎合她的嘴，只有在亲吻她的肚子时，那张嘴才会充满温柔。不知道路易斯弥会怎么看她身体里正在长大的那个东西呢？不知道他是不是开心地认为那是他自己的种呢？诺尔玛明明已经告诉了他那个虚构出来的诱骗了她的男孩的事了啊。不知道他每天中午醒来时脑子里想的都是什么呢？他就那样长时间愣愣地坐在床垫上，眼睛直勾勾地盯着被无情的太阳晒裂的土地，顶着一头乱发，半张着嘴，在栖居于附近树上的鹩鸪和乌鸦的喧闹声中茫然地发呆。真丑啊，诺尔玛看着他想，但又那么温柔。很容易爱他，却又太难理解他、接近他：为什么他要对诺尔玛和其他任何愿意听他说话的人坚称他在比利亚的一个仓库当保安呢？诺尔玛从没见过他穿制服，他去了镇上而后又回来的时间段每次都不一样，根本就不是合理的上班时间啊。为什么他从来都没什么钱，回家时却总是一身啤酒味儿？为什么他有时回来会穿着新衣服或给她带一些无用的礼物呢？一支裹在玻璃纸里的蔫玫瑰、一把彩纸画的扇子、一顶派对上免费发放的玩具皇冠，总之都是送给傻傻的小女孩而不是老婆的礼物。为什么他都不怎么碰她，也几乎不和她交谈，却会说遇见诺尔玛是他目前人生里最美好、最纯洁、最特别、最真挚的事呢？诺尔玛觉得他口中的温柔是很脆弱的东西，随便一阵微风都能把那温柔从她手里吹走。他爸就是这副傻德行，恰贝拉一边挥舞刀叉吃着冷掉的饭菜一边说，但更傻的是我，居然让自己怀了那傻子的种。就是傻，实话实说，就是蠢，我让毛里利奥的花言巧语、让他唱的破歌给迷住了，最重要的是，被他的鸡巴给迷住了。我认识他的时候十四岁，刚到比利亚，每天在农庄里摘柠檬摘到直不起腰，但我爸却把我挣的所有钱都拿走了，喝酒、斗鸡，花得精光。有一天我听人说要新修一条公路，把油井和港口连起来，这听起来就有财源滚滚的感觉，肯定会有很多工作职位。我只会摘柠檬，别的什么都不会，但还是一个人跑了过来，结果一瞧，这镇子比马塔德皮塔还破，该死的，唯一赏了我一份工作的就是堂娜蒂娜的小旅馆，丑脸的臭老娘们，抠门得厉害。让她付我钱都得求着她，又黑又贱的老女人，她说我把小费都揣进自己口袋了，哪有小费啊，连苍蝇都不在那破店里停脚。哎，还说呢，那老婊子觉得自己有钱有势，觉得自己很小资、很正派，好像她生的那堆孩子都是因为圣灵怀的孕似的，哎哟，原先路边有好些卖小吃的和打零工的，那破店还有那破地方都是她把人家赶尽杀绝才得来的，但她却装得像根本没这回事似的，那黑老娘们现在倒想装圣人、装体面人了，她那俩女儿比她还厉害，比她更婊气，外孙女就更不用讲了，哎哟。她们对我一直不好，她们所有人都是，自从我进了那家店，就各种针对我，我和毛里利奥好上之后，她们就变本加厉了，再之后就胡编乱造，说我有艾滋，害死了某家货运公司的好几个司机，都他妈的是嫉妒我才编出了这些狗屁谣言。在她们面前，毛里利奥这个浑蛋从不帮我说话，这个窝囊废、吃软饭的。我真不知道自己怎么能傻到这种程度，让他给我留了这么一个种。我怀孕之前的日子多美好啊，到时候给你看照片：在公路上一露大腿，交通都能停滞，小妞，大家都说，我那么美、那么性感，要是去省城，肯定能上电视，至少能上杂志。哎呀，怀孕之前，我真是想赚多少就赚多少，哪怕我一副臭脸，客人也都能硬起来：我只要把衬衫一脱，或者把屁股一露，他们就硬得哟，跟铁棍似的。但是我他妈的犯了错，跟毛里利奥搞在一起了。这就是我的罪过。我甚至不收他钱，你想想，为了他我都傻到这种程度了。后来大家都说我开始当老鸨是他要求的，那也不是真的，他连那个本事都没有，他从来都没有干实事的精神。开始搞窑子也都是我自己在干，我天生就是干这个的料。你肯定明白，小克拉拉，我看你是很低调、很有教养的孩子，但要不是喜欢男人的家伙，你也不会走到这一步啊，丫头。你没有从小就感觉那地方会痒吗？没有什么小男朋友跟你玩"啪啪啪，你弯腰，我来插"的游戏？我那时候，就会找机会躲开我爸，去野地里偷看那些小情侣做爱，之后就学着和家附近的小子们做。我把他们带到很远的地方，躲在杂草丛里，裤子一脱，腿一张，就开始操他们，他们的小鸡鸡硬起来、爬到我身上的时候，我真是兴奋得发抖，他们排着队一个接一个地操我，那会儿我们连毛都没长。那会儿我对这个真是着迷，结果怀上了那浑小子，就是因为我特别喜欢和毛里利奥搞，跟其他人都不行，我从来不觉得享受，只有跟他的时候才可以，但是也没享受多久，小克拉拉，因为刚一起住了半年吧，他就叫人给关进牢里了，说他杀了一个马塔科古伊特的家伙。那时候就只剩下我一个，我只好重新去站街，免得饿死，而且还要把钱带给监狱里的毛里利奥，在里面，在监狱里面继续跟他打炮。那时候可是我挣得最多的时候，事情都成那样了，我还是格外想念毛里利奥那个傻瓜，不过同时我也比任何时候都自由，没人妨碍我，没人占用我的时间，我一天到晚都在工作，谁叫我我就跟谁走，不管那些浑蛋有多丑多胖，只要他们给的钱够多，我就能忍。总之，我对自己说，男人都一个样，所有男人要的都是同一个东西，所有人都想掏出他们的小哨子然后听你说，哎呀，你的家伙好大呀，大帅哥，好好吃哦，慢慢进来，我好怕它弄疼我啊，其实他们都知道这是该死的假话，对吧？他们全都一样。但其实，区别也还是有的，因为一个小屁孩举着他的小鸟凑过来和一群你根本不知道叫什么的又肥又臭的卡车司机跑过来操你操个不停，这之间还是有区别的，对吧？最开始就是最难的部分：要习惯和那群浑蛋亲热，学着放任他们为所欲为，忍受那些醉鬼，但过上一段时间，你就会掌握窍门，实际上，自己的身体都会开始慢慢喜欢上这种乱搞的状态，最棒的地方就是，年纪越大，你就越成熟，你会发现，干这行，你要是想挣钱，挣大钱，唯一需要的就是几只好屁股，最好不是你自己的，小妞，最好是一群和你刚开始时一样兴奋的傻姑娘：真正的生意就在这里。所以我现在已经不自己花力气了。你以为我是怎么保养得这么好的？我将来也肯定会老，会满脸褶子，但是你看，你看这大屁股，看它现在还这么翘呢，看，肚子上没有一条妊娠纹，和小姑娘一样紧实呢。因为我现在只和我想操的人操，除此之外还能养着我老公，就是咱俩之间说啊，你看他在那儿又瘸又衰的，可是他特别会用他的嘴，你都想象不到，小克拉拉，我只用往他脸上一坐，不来个五次我都不带起来的，太牛了那个操蛋蒙拉。就因为这个，我没把他给甩了，就因为这个，我才忍了他这么多年，该死的操蛋瘸子。你不知道他年轻时有多帅，骑着摩托有多爷们，就是后来叫那浑蛋货车司机给撞了，给我把他撞毁了。诺尔玛看了看蒙拉，他坐在电视前的沙发椅上，正用食指指甲抠着脖子上搓出的一大块泥垢，她想象了一下那张脸钻到自己两腿间的样子，不由得打了个冷战。至少佩佩是帅的，至少佩佩的肱二头肌那么发达，好像要撑破衬衫袖子，至少佩佩每天早上一起床就做一百个俯卧撑、一百个深蹲和一百个仰卧起坐，他那么强壮，有一次甚至扛着她走了好几公里山路下山，就是他们去爬巴耶城周围小山的那次，诺尔玛没穿长袜、把脚冻僵的那次。哎呀，恰贝拉继续说道，遇见这操蛋蒙拉的时候，我经历过了一切，所以我跟他说，他要是想跟我在一起，就得把他蛋里的管子给切了，我可不想再要孩子了，受不了这么操蛋的惊喜，那该死的浑小子可是给我留下心理阴影了。倒不是因为生他有多疼，而是因为生完之后我难受极了：时时刻刻都难受，不能工作，差点儿饿死，毛里利奥在监狱里，我又病着，一分钱都没有。不过现在想想，我就是那时候觉悟的，反应过来自己之前有多傻，然后我对自己说，我要把毛里利奥甩了，不再去牢里看他，也不再给他一分钱，就让他的傻妈妈养着毛里利奥和他的傻儿子吧。不过做决定也真不简单，因为说实话，那会儿我还在跟毛里利奥搞。我只有跟他的时候能享受，跟客人就没办法，跟他们就纯粹是工作，是瞎胡闹，但跟毛里利奥不一样。他那条鞭有这么长，小妞，虽然他不怎么会搞吧，但他一来，我就把他推到床上，爬到他身上，坐在他的家伙上，直到看不见它，我坐在上边就像在游乐场里玩项目，小妞，就像在骑机械牛。那会儿我还太傻，我跟你说，不知道这女人啊，要是和一个男人操得爽了，你肚子就会热，这种时候最容易让那东西粘在你身子里，他妈的，我什么都不懂，那会儿连十五岁都不到，毫无察觉，直到为时已晚，拿都拿不出来了。我从来就没想过要生孩子，你老公知道，这种事得告诉他，干吗要遭那罪啊，最好和他说个清楚，别含糊，让全世界都知道：生孩子这事太操蛋了。事实就是如此，说多好听都没用，所有小孩都是绊脚石，都是虱子，都是寄生虫，吸你的命，喝你的血，最可怕的是你为他们牺牲那么多，他们一点儿都不感恩。你肯定很清楚，小克拉拉，你看见你妈是怎么一个接一个越生越多的，就跟受了该死的诅咒似的，就因为这破事，你别不同意，就因为肚子一热，因为傻，因为觉得男人会帮你，但最后，是女人自己把他们从里面掏出来，自己一个人顶两个用地照顾他们、养活他们，那时候你那浑蛋老公只会自顾自去喝酒，只有脑子一热想搞的时候才会出现。你真的觉得路易斯弥那浑小子会因为你生了他的儿子而改变吗？不可能！我太了解他了！他肯定跟你说让你生下来是吧？说他会支持你，会当他的爸爸，还有好多其他的甜言蜜语，对吧？但是听我一句，小妞，你别不好受，我真了解那浑小子是什么样，我生他不是白生的，我告诉你啊，他和他的爹一样没用，也永远都不会变，永远都不会满足你，因为他脑子里唯一的事情就是毒品，毒品和窑子。虽然他说他不嗑了，已经戒了，虽然他跟你发誓，跟你信誓旦旦，说他只是出去喝几瓶啤酒，但他早晚会恶习复发，又跑到公路边的野坑里去嗑药。妈的，如果他单单喜欢嗑可卡因，他至少还会特别亢奋和清醒，但他就喜欢自己整个人呆掉的状态，你知道我跟你说的都是实话，因为你可不傻，小克拉拉，如果这个吃软饭的笑话你，也不是你的错，但是你得明白，不管他跟你说什么，跟你承诺什么，这浑小子是永远不会变的。你以为我不知道他都在那儿忙什么破事呢？你以为他有一天会不再搞臭基佬的那一套，好好地照你想的、你应得的方式来操你？我能给你最好的建议就是，让我带你去找我的朋友，让她帮你解决掉这个问题，等你肚子里没孩子了、没压力了，你再好好想想自己真正想要的是什么，你还太小，都不知道自己这辈子想要该死的什么，我看见你的时候，就像看见我自己小时候一样，我就想：真希望那时候有人能帮我一把，把我带到巫婆那儿去，及时把那浑小子拿掉。到时候你就知道了，她最后都不会收咱们钱，她也不需要那钱，虽然窝在那猪圈里，破衣烂衫的，但她是百万富翁，浑身都是钱。你到时候就知道了，她立即就会帮你，你让我替你说就行：哎呀，亲爱的，得帮帮她这个小可怜，没看见她是个傻姑娘吗？告诉她你几岁了，小妞。诺尔玛答：十三岁。看见了吗？你可别给我来这套，妈的巫婆，别在那儿给我摆谱，那浑小子都已经同意了。你没看见这俩孩子都没得吃了吗？而且那孩子都不是路易斯弥的，小克拉拉，你自己跟她说，给她讲讲，你就是傻，让巴耶城的哪个蠢小子给搞大了肚子，告诉她没别的，你就是想把它给拿出来。她们说话时，巫婆一直背对着两人，在那泛着恶臭的厨房里忙自己的事情，后来她转过头来，用面纱后面的明亮眼睛盯着诺尔玛看，在很长一段沉默之后，说，她得先看看诺尔玛的情况，摸摸她有多少个月了，才能做决定。就在那儿，在厨房的桌上，她们扶她躺下，掀起她的裙摆，巫婆开始摸她的肚子，手法粗鲁，几乎带着怒气，甚至可能含着嫉妒，在掂量了好一阵后，巫婆说事情会很难办，因为已经迟了，恰贝拉立刻急了：操，多少钱我都付给你，给它拿掉。巫婆说，不是钱的事，是为了她好。恰贝拉说，是路易斯弥求你办的，你知道他是多么骄傲的一个人，都不敢来见你，你们打过架之后，他都不好意思来请你帮忙。两人说着话，诺尔玛就躺在那里，裙子掀到胸部，脑袋挨着那个用尖刀戳在盘子上的烂苹果，后来，她终于抬头瞧了瞧，看见巫婆正在房间里找东西、摆砂锅、开瓶盖，用夹杂哨音的沙哑嗓音念着不知什么经文或魔咒，在等待的时间里，恰贝拉一刻不停地往厨房污浊的空间里添入自己的烟气，也一刻不停地向巫婆讲述自己的新情人是什么人，都在干什么，那个古柯·巴拉巴斯，那个路易斯弥警告过诺尔玛不要靠近的人，那个在她到比利亚的第一个下午就开着黑色皮卡追她的人，那天，她已经没钱再买车票，被司机在某个加油站旁的公交车站轰下了车，在那儿坐了几个小时，不知道该做什么、该去哪里，甚至因为不知道港口在哪个方向都没法向货车司机请求搭顺风车，每几分钟就有一辆货车经过，每个司机都会向她投来凶狠的目光，她一方面有些害怕，怕他们想对她做什么，但另一方面又觉得什么都不重要了，因为不管怎样，她最后都要从礁石上跳下去淹死在海里，也淹死那个在她身体里漂浮的东西，在诺尔玛的想象中，那不是一个小小的婴儿，而是一团肉球，粉色的、不成形的肉球，就像一块被嚼过的口香糖，所以，在路上发生什么都已不重要了。她就这样纠结着，在公路旁的公交车站坐了好几个小时，直到那个开黑色皮卡的金发男人停下来，笑着看向她，车厢里传出震耳的音乐，我要假装，自己还很正常，好像没你也能过下去，好像并不伤心抑郁，我要面带笑意，在她们两人往家走的路上，同样的歌曲在恰贝拉的手机上响了起来，四周一片黑暗，每过一分钟，那黑就更浓一些，吞没了她们四周的颜色，将树冠、蔗田里的灌木和夜的画布染成一整块坚实的页岩，远处村中各家各户门廊上的灯仿佛微小的红宝石，在岩面上晶莹闪烁。恰贝拉拽着诺尔玛的手腕，诺尔玛尽力跟上对方，另一只手紧攥着那个小玻璃瓶，里面装着救命的汤药，装着她唯一的希望。她往前走着，越来越觉得脚下的路会随时裂开，自己会堕入深渊，摔碎浑身的骨头，比这更可怕的是，小瓶子也会碎掉，汤药会淌进干渴的土地，比这更糟糕的是，可能会有故事里那种居于森林的邪恶生灵——满脸皱褶、头发稀疏的林间精怪——从黑暗中钻出来，向她们施法，把她们变成疯子，或逼迫她们在那条阴森小路上、在令人心慌的蝉鸣和红眼帕拉夜莺间歇发出的哀鸣中不停转圈，永世不得离开。恰贝拉的电话响了起来：我要假装，自己还很正常，诺尔玛差点儿发出惊叫，好像没你也能过下去，好像并不伤心抑郁，差点儿撞上恰贝拉——对方松开她的手去衣服里摸手机，紧接着就开始语带讨好地回答对方：我的心肝，你怎么样啊，我的心肝，我正想呢……当然了，没问题，现在就……没有，还没，但是就快到了，我是……没事，你别担心，十五分钟，好。她挂了电话，舒了口气，冲诺尔玛喊道：快点儿，快点儿，小妞，得在那群浑蛋到家之前到，我得把你一个人放在家里，不过你不用担心，喝了这玩意儿就好了，明天一大早，你会发现自己变了个人，我都喝过一万遍了，没事的，但是你得快着点儿，快着点儿，小妞！我已经迟了大到了！上帝啊，还没洗澡呢！跑着点儿，跑起来，妈的小克拉拉！诺尔玛在黑暗中努力想跟上恰贝拉，但她也能感觉到对方的声音离自己越来越远，自己如果不跟紧，就会攥着那个小瓶子——里面装满了她需要喝掉、喝光、喝到一滴不剩的反胃液体——孤身一人留在幽黑之中。巫婆之前说得有道理：她用尽力气才忍住了那破玩意儿给她带来的剧烈恶心，比恶心更难压抑的是疼痛来临时自己想要吼叫的欲望——有一阵，她觉得好像有人在外面拽她的肠子，扯啊，扯啊，好像纤维组织都已被撕裂扯烂，没人知道她是怎么爬下床垫，来到院子，绕着"小窝"转了一圈，然后在地上用指甲挖出一块块石头、刨出了那个坑的，最后她自己钻进了那个坑，尽管疼痛已经将她的阴部变成了一个被弯刀砍裂的木桩，她还是蹲了下去，使尽全力，直到感觉有什么东西爆炸了，那时，她还把手指伸进去探了探是不是其实并没有什么落在里面，之后才用血淋淋的手盖住坑，整平土，拖着身子回到了光秃秃的床垫上，缩成一团，等待疼痛过去，等待酩酊大醉的路易斯弥下班回来，从后面抱住她，甚至没有发觉她正血流不止、高烧难耐。第二天中午，当屋里的闷热越来越难忍受时，诺尔玛想从床垫上爬起来，却怎么也做不到，她唯一能对路易斯弥说的就是疼，疼，和水，水。嘴唇被路易斯弥用瓶子装来的水润湿后，她大口大口喝起来，直到失去意识，梦到自己在"小窝"后面挖的那个坑，梦见坑里长出了一条小活鱼，鱼在空气中游动，在小路上跟着她，要游进她的裙底，重新钻入她的身体。诺尔玛吓得大叫，嘴里却发不出一丝声音，待她再次醒来时，人已经不在小窝的床垫，而是躺在一张推床上，两腿大张，一个谢顶的男人正把头埋在她的两腿之间，血还在流。她不知道自己身体里的血还剩多少，不知道自己还有多久才会死在社工嫌恶的目光和回声般的盘问下：你是谁？叫什么？吃了什么？把它扔在哪儿了？你怎么能这么做？然后，就没有然后了，只剩呼喊着、合唱着她名字的新生儿和溅上了孩子号哭声的黑色寂静。过了不知多久，她醒了，发现自己全身赤裸，只套了一条布袍子，手被纱布条绑在床栏杆上，手腕皮肤被勒得生疼，周围是一圈说闲话的女人和一股陈旧的、奶味的汗臭——孩子们正在房间的热气里大声号哭——这让诺尔玛想扯断纱布条，飞速逃离，她想用尽全力逃离这座医院，逃离自己疼痛的身体，逃离自己这团肿胀的、充血的肉，逃离恐惧，逃离把她钉在这可恶床铺上的尿液。她想摸一摸自己的胸，缓解一下穿透自己身体的刺痛，她想撩开脸上被汗液浸湿的头发，想挠一挠腹部皮肤令人绝望的刺痒，想拔出埋在前臂里的塑料管，想不停拉扯直到扯断那些纱布条，好从此地逃开——周围的所有人看着她时都面露仇恨，好像人人都知道她做下的事——想在一声原始的呼喊中攥紧双手、自斩头颅。就像再也控制不住尿液一样，她也再也不能压抑那声吼叫：妈妈，妈！她加入了新生儿们的哭号。我想回家，妈，请原谅我对你做的一切。

六 儿子

妈妈……男人喊道，原谅我，妈妈，原谅我，妈。他哀号着，像被卡车轧过后苟延残喘、拖着身子往阴沟爬的那些狗：妈妈，妈……布兰多缩在自己的角落，缩在牢房墙壁和马桶之间的那个小空隙里，被利古里托的人扔进牢房之后，他觉得那一角是自己唯一可以待的地方。此时他想，或许是路易斯弥在喊，这么想时他甚至有点儿幸灾乐祸，路易斯弥被囚禁在即将吞没他的窒闷里，路易斯弥在鬼号，号到都吐了，他被刑讯逼供，被人打板子，打得肚子都要爆裂。钱，他们想知道钱在哪儿，他们拿钱干了什么，把钱藏到哪儿了，这是那个恶心的流氓利古里托唯一感兴趣的事，也是那些操蛋警察唯一在乎的事。他们毒打布兰多，把他打到吐血，之后把他扔进了那个有尿臊、屎臭、倒霉醉汉散发的汗酸味的牢房，那些醉汉也像他一样，靠墙蜷缩，或打着呼噜，或嗤嗤笑着，或一边抽烟一边向他投来凶狠的目光。他刚进铁门，就有三个家伙扑上来，用胸口撞他，命令他脱掉脚上的球鞋。干吗？你个杀基佬的，还想在这儿当大拿？领头的用手拍着布兰多的脸说。他吼声最大，皮肤黝黑，瘦到皮包骨，缺了几颗牙，一脸胡子，身上穿的不像是一件衬衫，更像是一块破布，操着不知什么地方的粗重口音：妈的黑虫子，要不你就脱了你的破鞋，要不就他妈的让你鸡巴好看。布兰多刚被警察臭揍了一顿，站都站不稳，没别的办法，只好把他的阿迪达斯脱了，交给大胡子流氓，对方立刻把鞋穿在自己脚上，跳起了庆祝胜利的舞蹈，还不时踢两脚牢房地上在梦中呻吟的醉汉。那个哭鬼，那条被轧的狗，还在一刻不停地尖声哭号。他的哭声在牢房墙壁间震荡，不时会有其他囚犯冲他吼，这时他的声音会变得模糊：闭嘴吧，癞皮狗！闭嘴吧，杀人犯！那家伙把自己老娘给杀了，真他妈疯了，他还说是魔鬼干的！我的天哪！就他妈的欠打，打了就闭上臭嘴了，烂狗屎。布兰多已成功地缩回那个满是尿液的角落，双手交叠在肚子上，屁股尽可能贴住墙，保持着唯一一个让他觉得五脏六腑还能聚在一起的姿势，这样待着，它们才不会在鲜血横流的腹腔里四分五裂、膨胀肿大。他闭着眼睛，但还是能感觉到那个领头的在围着自己转，能闻见那个疯子的皮肤散发出的油腻恶臭。杀基佬的，那家伙对他说，看看，杀基佬的，看看……布兰多捂住耳朵，摇着脑袋。他已经把自己唯一值钱的东西交出来了，那家伙还想要什么？他沾了屎的内裤？他溅满了血和尿的短裤？他已经用球鞋交了房费，就不能得到几分钟安宁，好好为自己浑身上下的伤口哭一会儿吗？那个号哭鬼还在走廊尽头的某处——肯定是在那个被警察们昵称为"小洞洞"的小牢间里——哀叫。不是我干的，妈妈，不是我，他叫道，是魔鬼，妈妈，是从窗户钻进来的黑影干的，我当时睡着了，妈。没喝醉的或没被打的犯人又开始用嘲讽、下流话和口哨来回应他，起劲得很，有的人甚至找来监狱看守，问是不是可以把他借他们一用，给他一顿臭揍，甚至操他一阵，好真正给他一个哭号的理由，浑蛋杀人犯，浑儿子，怎么能把他妈给杀了，这些操蛋条子怎么就没揍他一顿呢，天杀的浑儿子。利古里托呢？他那些狗腿子都去哪儿了？那个装满尿的桶在哪儿？就该把那操蛋玩意儿按进桶里去。电线和电池去哪儿了？把他的蛋给烤了！他走了，那管事的流氓已经走了，带着他那帮狗腿子，带着这支比利亚唯一的巡逻队走了：他们在军区后面的小屋里拷打完布兰多，就立刻去了巫婆的房子。钱在哪儿？那个恶心的流氓吼道，说，不然我就把你像只耗子一样捏死，说，不然我就把你鸡巴剪下来塞进你屁股，臭基佬，狗屎娘炮。他疯了一样想让布兰多告诉他钱在哪儿，虽然那孩子已发誓说，自己在房子里没找到任何东西，根本没有宝贝，一切都是谎言，都是大家编的故事。想到在那栋房子里什么都没找到时自己的气愤和失望，他甚至在那群狗娘养的浑蛋面前哭了，那地方只有厨房桌上脏兮兮的两百块钱、客厅地上散落的一些硬币，什么宝贝都没有，没有整箱的金币，只有垃圾，因潮湿而腐烂的垃圾，破纸、破布、破烂物什、饿死了的壁虎和蟑螂，甚至连那个臭巫婆搞派对时用的喇叭和乐器都被开膛破肚，零件在一楼散了一地，好像哪次发疯时，那巫婆一冲动，抓着键盘上了楼，就为了从楼梯上把它们摔下去砸个粉碎。什么都没有，什么都没有，他告诉警察。但当利古里托和手下不再用几个人轮流挥舞——免得累着——的粗木棍打他的腰，转而拿出电线和电池，要对他实施电刑时，当他们脱下他尿湿了的短裤，把他的手绑在一根从天花板伸下来的管道上时，布兰多再没办法，只好和他们讲起了那个上锁的房间，说楼上那扇门的钥匙之前一直都在巫婆手里，那天下午他们两人费了九牛二虎之力也没能推倒它，而且怎么撬都撬不开。当利古里托把电线的金属丝放在他的睾丸上时，他禁不住继续招供：杀了人、把尸体扔进灌溉渠后的当晚，他又回到那栋房子，路易斯弥和蒙拉都不在，他想自己再搜一遍，当时他想，里面怎么可能什么都没有呢，妈的。他把楼下翻过一遍，上楼又搜了一遍，他试着拉拽那扇上锁的门，甚至想用斧子去劈，因为他确信门后有东西，值钱的东西，没有的话，为什么要严防死守，一直怕人上楼、怕人进去呢？在布兰多交代了这些之后，在他因气愤、屈辱和被人群殴而哭鼻子之后，那些操蛋蠢猪终于满意了，他们把他揪出房间，扔进牢房，扬长而去。该死的整个巡逻队一定直冲着巫婆家就去了，去找那该死的钱，如果有必要，还会用子弹轰门，不过布兰多基本确定，利古里托在那个房间里也会一无所获，等他发觉扑空了，就会回到军区找布兰多报仇解恨，会剪下布兰多的命根子和耳朵，任他在那个小牢间、那个"小洞洞"——比起牢房，那更像一口停着的棺材——里血流不止，或许还会让那个盛怒之下杀了自己老娘的疯子给他快乐做伴。巫婆的死对利古里托少校来说确实无比重要，但这个操蛋家伙唯一在意的就是金子在哪儿——什么金子？布兰多喊道——咚，胃部上方一拳重击。说！你把它藏哪儿了？梆梆梆，他还没来得及说不知道，后腰就挨了一顿板子，好像那家伙读得出他的念头。妈的，我可以跟你耗一个晚上，杀基佬的，干这活儿就算我健健身，你还是招吧——

钱在哪儿？你给藏哪儿去了？他觉得自己的肾已经在体内碎裂，挨了板子的腰也已皮开肉绽，但那些浑蛋——在这方面他们可真老练——就是不打他的脸，这样第二天记者们拍照时就不会生出警方涉嫌刑讯逼供的怀疑。他母亲第二天也会看到红色标题的社会新闻版，继而得知这一切，不过更有可能哪个邻居已经跑去告诉她了，说在堂罗克的店门口瞧见警察把他推上了巡逻队的车。"杀基佬团伙的老大"，利古里托那个蠢货这么叫他，这操蛋家伙真是夸张得要死，他们杀的不过是个矬人，再说了，布兰多又不是天天干这个，而且实话说，那巫婆本就该死，因为矬，因为丑，因为操蛋，因为脏。没人会想念这个狗屎娘炮，事情已经发生，布兰多甚至毫不后悔。为什么要后悔？首先，又不是他把刀扎进那人身体的，他只不过揍了她几拳，把她打蔫了，对吧？刚进她家的时候给了她一顿，要把她抬上蒙拉的车时又给了她一顿。但杀她的人是路易斯弥，一切都是路易斯弥的错，是他把刀插进了巫婆的脖子，布兰多告诉利古里托。布兰多不过是在最后抓着她，把她扔进了水渠。但少校对此毫无兴趣，他只在乎钱，该死的钱，布兰多根本没法说服对方就没有钱，压根就没有过钱，一切都是令人失望的假象，如果说他有什么悔恨，那就是没有勇气把他们都给杀了，杀了路易斯弥那个浑蛋，杀了那个凸嘴瘸子蒙拉，离开那个臭气熏天、住满了傻缺的村子，他们就该把这些人都抓起来、圈起来，放把火给烧了，他跟警察说，烧死村里所有的基佬！血流成河！就在那一刻，肋骨上挨的重击让他的膀胱也松懈下来。就这样，他们把遍身尿液、无力行走、嘴里弥漫金属味道的他塞进牢房，任那些肮脏的浑蛋抢劫他——他的新球鞋，妈的，他的名牌球鞋，还是正品，差不多花光了他从路易斯弥那儿偷来的两千比索，巫婆给路易斯弥的、让他去拉散哈买可卡因的那"著名"的两千块钱，但那傻缺嗑了太多药，都没意识到布兰多在路上掏了他的兜；第二天路易斯弥过去时，巫婆见他手里既没可卡，又没余钱，一下就火了，她以为那小子跟平时一样把她当猴耍，于是要把他赶出家，说再也不想看见他，一边说一边激动得发抖，典型的基佬德行，巫婆动不动就这样，说着，还躺到了地上开始踢腿，总之那画面滑稽得很，路易斯弥那弱智就在旁边冲他喊，说自己不是小偷，没偷钱，肯定是被别人给顺走了，或者就是走得太快掉出了口袋，两个人就像电视上演的，只顾死盯住对方，根本没人怀疑布兰多。到第二个礼拜，嘉年华一结束，布兰多就去比利亚的大商场买下了他红白相间的阿迪达斯球鞋，他穿上简直太酷了，大家都过来问，他逢人就说是他老爸送的，尽管那操蛋家伙好几年没回镇上看他们了，不过每个月还会寄来一点儿生活费，让母子俩能勉强过活。他根本不用跟他妈妈解释球鞋是哪儿来的，她太蠢了，甚至没察觉到布兰多压根就没穿过她从市场给他买的破鞋，那都是些过时的地摊烂货，还没穿就有了划痕，穿个两天就会破洞，都是她在那些污糟商店买的穷人穿的破鞋，除了鞋，她还会从那些地方买来许多其他狗屁玩意儿：塑料的小天使、《最后的晚餐》海报、陶瓷的小牧羊人，还有买回来就会被她摆在客厅沙发上的毛绒玩具，到后来，他都没地方坐了，塞了那么多落灰的碍事玩意儿，人根本没法舒舒服服把屁股放在那该死的沙发上，就因为这个，布兰多会在妈妈去教堂跟镇上的其他老娘们一起念玫瑰经的那些下午，在那些毛绒玩具里选一个，对其开膛破肚，浇上煤油，在院子里烧掉，同时强烈地希望它们是有血有肉的真动物，兔子、小熊、有梦幻眼睛的小猫，他希望亲眼看见它们的皮毛在濒死绝望的哀号中燃烧。妈妈这么蠢，什么都信，这让他愤怒，都怪她，他们俩每天只能吃菜豆，因为布兰多的爸爸就只给那一丁点儿钱，还被她把大部分都捐给了神学院。

他妈妈成天都泡在教堂里巴结那个该死的卡斯托神父,他来家里吃饭时只会找布兰多麻烦,问他为什么不再去做弥撒,为什么不再去忏悔,为什么和那些不三不四的人混在一起?怎么还不脱掉那件印满撒旦符号、魔鬼、尸体和渎神内容的衣裳?他听的那些音乐只会把他引向堕落,推入迷失与疯狂的魔爪,为什么他还不把它们都丢进垃圾桶?用那种方式来折磨他可怜的母亲,他就不害臊吗?每个礼拜五他都和那群小混混在公园里喝到烂醉,有那时间还不如去教堂参加卡斯托神父专门为教区里中邪的民众组织的弥撒,那些人因为相信巫术,被黑暗力量、魔鬼军团和孤魂野鬼所俘获,这些恶灵在活人间游走,专找对神不敬、沉迷巫魔仪式和迷信文化的人下手,很遗憾,这类事物在这片土地上一直兴旺繁盛,因为此地的居民有非洲的根和印第安人偶像崇拜的习俗,也因为他们的生活充满了贫穷、苦难和愚昧无知。布兰多相当熟悉那种弥撒,他小时候母亲常带他去,因为她坚信自己的儿子被魔鬼附了身。整个仪式漫长难熬、无聊透顶,因为卡斯托神父会用拉丁语念诵一大堆布兰多完全听不懂的东西,不过最后倒是会有点儿意思——在神父向信众滴洒圣水、把手置于他们头顶时,总会有哪个坐在前排的人突然开始抽搐或翻起白眼，会有一群疯老太太晕倒，会有另一些人大喊大叫些奇怪的话，不过据她们说，那是被圣灵充满的语言。布兰多那时还不满十二岁，不明白母亲为什么会带自己去那里，为什么执着地认为他被魔鬼附了身。要知道，在做弥撒时他从没想要大吼大叫，或者像那些老太婆一样，抽搐扭动，像被杀虫剂熏到的蜈蚣。她的理由是，那段时间她发现布兰多会说梦话，在梦里哭，或者站起身梦游，和看不见的人说话，甚至说着说着就笑起来，如果不是被魔鬼附了身，他怎么会变得那么叛逆、冷漠？为什么每次她让他把手从兜里拿出来、别抓不该抓的东西、赶紧从厕所出来、别在里面干那些下流事情时，他从来都不看她的眼睛？让上帝瞧见你犯的罪，你就不害臊吗？上帝什么都能看见，布兰多，你越不想让祂看见，祂就越能看见，你躲在厕所门后把你妈的八卦杂志摊在地上干的事祂都看得一清二楚，这破事和公园里那些混混一点儿关系都没有，是你自己睡不着时学会的，不过那些操蛋家伙整天都在叽歪：哎哟，小子，你今天撸了几管了？手上都长毛了，小子，你看见了吗？快看，快看，那傻子看自己的手了！你不是说你不弄这个的吗？不是说你不撸吗？不过就你那小家伙，我看硬都硬不起来吧？布兰多被一群抽烟喝酒的小子们——有些人年龄是他的两倍——围着,有点儿犯怵,但他还是说:我当然能硬起来,不信问你妈去。小混混们一阵哄笑,他顿时为自己成功融入了这个时常聚在公园角落长椅处的小圈子而骄傲起来,尽管那些浑蛋整天都在取笑他,笑他装腔作势的娘炮名字,笑他那个肯定得拿显微镜才能看见的小鸡鸡,最常笑的,是他已经十二岁了,却还没有在谁的身体里射过。小子,你真逊!说实话我在你这个年纪已经操过老师了。你他妈真会蒙人,威利,"猫耗子"叫道。谁蒙人了,蠢货,你不记得"羊羔"给六年级那个老师吃迷魂药的那天了吗?那女的一下子就疯了,躺地上直抽,你忘了吗?她那对奶子真是诱人,妈的,可惜那天谁都没瞧见,更别说操她了,之后她就再也没回学校。不过我仔细想想,六年级的时候确实搞过一个人,是内尔森,"变种人"说。别闹了,内尔森?那个娘炮现在怎么样了?他们说他去了马塔科古伊特,开了间发廊,已经没人叫他内尔森了,他现在叫艾薇琳·克丽丝塔儿。那他妈的小废物,屁股可真翘,你还记得吗?小子,从咱们面前走过去的时候那个扭,好像没发现咱们在看他似的。我们操他的时候他还小着呢,可那会儿天天看他那屁股,真是要憋疯了,后来有一天实在忍不住,给他带到了公路那边，我们每个人都操了他，小子，你还记得吗？那小废物高兴得都哭了，眼前这么多个屌，他都不知道该怎么办了！说真的，你从来都没操过任何人吧，傻缺布兰多？嘿哟！都没操过一只鸭？真的没有？哪怕是一头猪、一只羊也没有？那群浑蛋大笑起来，布兰多咬着指甲，只是笑，因为那是事实：他在十二岁、十三岁、十四岁时，没有操过任何女孩，他只是在厕所里，把妈妈的八卦杂志铺在地上自慰，那些杂志被他的精液沾湿——他终于可以射出来了，公园里的那些浑蛋说过，它最后怎么都能出来——后，都被他偷偷扔进了垃圾桶。那些人还说，那东西会越撸越大，但这并不是真的，布兰多着实为自己家伙的尺寸担心，或者说为它的宽度担心，他觉得自己的东西太瘦了，颜色太深了，几乎是深紫色的，他也觉得它小，和那些黄片男演员的粗壮家伙没法比，那些黄片是他在威利那儿买的，因为妈妈八卦杂志上的那些比基尼女郎很快就开始让他觉得无聊。威利的店藏在比利亚市场公厕旁那条路尽头的一个角落里，他把所有在摊位上卖的海盗电影都存在了那个仓库里，但实际上他主要卖的是黄片和卷好了装在燕麦罐子里的大麻烟。布兰多第一次去跟威利买黄片时，威利笑了他好半天。你手上会长毛的，小子，他说，你满脸都是痘，这么该死的瘦，都是因为撸太多了，对吧？布兰多每次都会压住怒火，咽下威利的嘲讽，只求对方带他进到店里面的小屋，看着一张张亮面纸印的劣质封面，挑选好他想要的电影，再嗨几口威利递给他的大麻烟——他每次都会请他抽几口——之后飞奔回家，给客厅的播放器里塞上光盘，在母亲去参加弥撒或念诵玫瑰经时不停地自慰，她一走就是好几个小时，所以他可以一直抚弄自己，一遍又一遍地看影片里他最喜欢的几个场景：一个高大魁梧的黑人在汽车前盖上操一个小巧的大胸金发女郎；两个女人正戴着巨大的假阳具，屁股撞着屁股，同时操着对方；一个瘦小的亚洲女孩被两个男人绑在床上一起操，她一边哭一边翻着白眼，像极了卡斯托神父弥撒上那些中邪的女人。但那些场景很快就让他觉得无聊，那类片子也很容易就让他厌倦，直到有一天，他纯属偶然地——因为威利或是去省城拷贝盗版碟的人弄错了——看到了那个彻底改变他世界的场景，那个把他的幻想生活前后分割开来的视频：那个片段夹在两个电影之间，片中出现了一个非常瘦削的女孩，短发，小男孩面孔，完全赤裸，肩膀上覆着清晰的雀斑，胸部又小又尖，与她一同出现的还有一条巨大的黑狗，一条串种丹麦獒，前腿穿着一双袜子，流着口水不停在屋里追逐那女孩，把她顶在家具上，把自己的嘴伸到她的两腿之间，用它的粉色舌头舔着那个一直傻笑的女孩的粉色下体，她一边笑还一边用布兰多听不懂的语言假装责骂它。片段两分钟后就中断了，在结束之前，女孩装出仰面跌倒在床上的样子，那条狗跳到她身上，把自己穿滑稽的黄色袜子的前脚搭在她的肩膀上，她则把脸凑到了那只动物已经勃起的家伙面前。就在她张开鲜嫩的嘴，要包住那动物的阳具时，片段戛然而止，接着是一秒的蓝屏，再紧接着是另一个场景，里面出现了一个看不见脸的肌肉猛男和一个做了丰胸手术的金发女郎。布兰多失望地叫了一声，立刻开始快放，想看看那女孩和狗是否会再次出现，但他的希望落空了。于是他只能满足于那短短的两分钟，把它反复播放了好几个小时，虽然他真正想看到的是那条狗如何操那个女孩，她帮它做完口活儿之后，怎样转过身，狗怎样无情地骑上去，用黏腻的乳液填满那个粉红的小穴。黑狗乳白的温热液体顺着正在呻吟的女孩的苍白大腿滑下，这时，她扭曲着身体，只想尽快离开那条恶心的狗。这是接下来的几个月里布兰多无法在脑中停止播放的幻想场景，哪怕是在最不合适的场合里，他也忍不住想起这画面，导致下体硬得离谱：比如在学校，如果有哪个女生弯腰去捡地上的铅笔，布兰多就会幻想自己变成那条黑狗，跳到同学身上，用嘴撕下对方的内裤，把她压倒在地面，将他残忍的、非人的黑色阳具插进对方的身体。有时他在半夜醒来，想用自慰的方式平息自己因那段影像而翻腾的欲望，但因脑中的画面不足，那个时间点又无法在客厅播放影碟——他母亲正在旁边的房间里敞着门睡觉——布兰多便会溜到院子里，爬上天台，再顺着邻居家的防盗栏杆下到地面，在镇子空无一人的街道上乱逛，寻找能慰藉他心灵的信号——那些憋闷的吠叫，那些轻柔的呻吟——它们会将他引到那些循环往复的原始仪式的举办场所：堂罗克店铺后面的小巷里，或教堂前公园的花圃中，或那片延伸到镇外的荒地的尽头，在那些地方，有未眠的狗群鬼魅的身影来回窜动，它们在神圣的寂静中交媾，伸出的舌头，膨胀的生殖器，龇出的犬牙，无不在要求狗群成员对由母狗气喘吁吁的欲望所决定的高低等级表示尊重。她会怎么选出第一条公狗呢？对布兰多来说，它们都一样美丽，自由又美丽，对自己充满自信——他永远都不可能拥有的自信。他远远地、谨慎地观察着这些狗，不想吓到它们，也不想激怒对方，他在自己右手的帮助下，在远处参与着这场欲望的狂欢，并把那种烧灼他血管的毒液一滴不剩地洒在土地上，之后，他才会回到家，钻上床，被神圣的空虚那令人动弹不得的困意催促着进入梦乡：终于摆脱了之前充盈睾丸的毒物后，一片祥和占据了他的身体。或许这就是证据，不可辩驳地证明他的确被魔鬼附了身，尽管他从来都没看见过那些应该出现在中邪之人的面庞上——卡斯托神父是这么说的——的印记，无论他怎么在镜子里找，怎么在夜的晦暗中、在洗手池前长久地盯着自己的身影，还是没有发现任何撒旦、魔鬼存在的迹象，他能看见的，只有自己眼袋垂落的胖脸，还有一贯扮狠的眼神和一成不变的普通模样。他想看到自己眼中有阴邪的光亮一闪而过，想看到瞳孔深处的一抹红光，或者前额探出的一对犄角，再不然就是在某一刻突现的獠牙，怎么也得有点儿东西，不管是什么，妈的，任何东西，只要不是这张滑稽的脸就行，只要不是这张憔悴的小屁孩的屎尿屁脸就行，他的脸变成这样，是因为他越来越频繁地在夜里溜出家门，另一个原因是，他抽了太多的大麻。就是从那阵子起，他抽得越来越凶，不只在礼拜六去威利店里时抽，在家里自慰前也会抽，还和公园里那群混混——威利、猫耗子、变种人、路易斯弥，还有其他人——一起抽。每天放学之后，他就和他们一起喝烈酒、抽大麻，有时候也吸胶水，或者可卡因，有钱的时候，蒙拉会带着他们到拉散哈街区——那儿已经离马塔科古伊特很近了——找巴布罗兄弟，去买狠狠打过折的廉价可卡因，比起直接用鼻子吸，布兰多更喜欢用香烟或大麻烟的烟头蘸一点儿来抽。他极其喜欢那种充满肺叶的香甜蒸汽所散发的塑料熔掉的气味，那气味让他的所有感官都愉快地陷入麻木，不过他很早就发现，如果吸可卡吸到很爽，自己就无法达到性高潮，甚至看着女孩和狗的视频片段也无法达到。面对屏幕上那场人兽之间的虚假追逐，他可以一撸就是好几个小时，那个长满雀斑的有小男孩面孔的美丽女孩有着红润的缝隙，看上去和他现实中见过的阴部都不一样，很不像他在十五六岁时成功插进去——最后他也没能高潮——的那两个阴部。都是毒品的错，当然是了，是可卡因的错，可卡因就是罪魁祸首，让他的思维和身体都昏昏欲睡，也是那些在背后笑他的浑蛋的错，更是那个臭傻缺娘们的错，他根本没机会插进去，因为家伙根本就硬不起来，太他妈的丢脸了，不过到头来一切都是可卡因和酒精和那天整夜未眠的错：那是布兰多第一次和那帮朋友在外面彻夜不归，是他第一次违背母亲的命令，也是他第一次把卡斯托神父关于比利亚嘉年华的说教——他说那节日拥有堕落的异教属性，纯粹是一场放纵的群魔乱舞，只会把镇上的年轻人引向性交与其他恶习——抛在脑后。布兰多已经厌倦了每年那几天都只能和妈妈一起关在家里，听着远处游行的乐曲、街上彻夜饮酒舞蹈的人群的欢闹、爆竹的轰响、凌晨时分吵架者摔碎酒瓶的声音、失魂落魄的酒鬼被自己的呕吐打断的哭泣，还有教堂边上每年都会设置的游乐设施的洗脑音乐。从前，布兰多只能等到圣灰礼拜三的早上母亲强迫他陪她去做弥撒时，等到那些机械怪兽已经被拆卸下来躺在沥青路面上时，才有机会走近看看它们的形象，看看白日里它们暗淡下来的霓虹灯管，那时，街道仍然被垃圾、啤酒罐、空了的烈酒瓶占据，有一家又一家破衣烂衫的农民在公园的花圃和街道的彩色纸屑上打着呼噜酣睡。布兰多一直不明白，嘉年华之前传遍了整座镇子的兴奋情绪、廉价繁华，还有虚幻的灯饰怎么就会在最后变成那幅野蛮人纷纷倒在呕吐物中、末世粪堆般的景象呢？年满十六岁时，他决定去参加嘉年华，不再管母亲是不是会哭，是不是会骂他酒鬼、浪荡子，或者说要向他爸告状来威胁他，这主意实在太蠢了，布兰多忍不住哈哈大笑，因为他爸早就不是当家的了，那家伙甚至很多年没给家里来过电话，更不要说回到镇上来了，而且，布兰多的母亲好像是比利亚加尔博萨唯一一个还不知道他爸在帕罗加丘另组家庭的人。他和别的女人有了新的家、新的小孩，不过是可怜他们，才会继续寄钱，以免两人饿死，而他那蠢妈整天都泡在教堂里，试图否认已经发生的事，想着通过祷告和祈求，家里的问题就会因神意介入而自然解决，布兰多也可以重新变回那个听话的、沉默到几乎自闭的孩子——想当年，那个温顺的小蠢蛋会搂着她的胳膊上街，好像她的小号丈夫，惹得公园里的混混在远处笑他们：布兰迪[1]，妈妈的好宝贝，还要妈妈给你擦屁股呢吧，布兰迪？是不是她还给你洗澡、盖被子、摸着你的小鸡鸡哄着你跟小天使们一起睡觉啊？你怎么还是那个娘炮小屁孩啊，布兰多？还在那儿自己撸管，你就不害臊吗？还没操过一个真正的女人吗？你的机会来了，小子，那些浑蛋对他说，上了她，趁她还没醒，趁热上了她。那是他第一次跟他们出去看嘉年华游行的晚上，或者说，是转天早上，之前布兰多从来没跟朋友们在外面过过夜，那是他第一次在他们的陪伴下在外通宵，在因各式花车的喇叭同时播放的喧嚣乐声而改头换面的街道上乱

---

[1] 布兰迪（Brandi）为布兰多（Brando）昵称。

逛。布兰多醉醺醺的，瞳孔放大，将目光滑向模特们赤裸的肌肤，滑向了人行道上聚集的无名之人的脸孔，游走在孩子们怪诞的面具之间，盼着那些面具突然出现在走神的成年人身旁，把塞满面粉和彩色纸片的蛋砸在他们脸上。二月烟熏的空气闻起来像啤酒沫，像塔可饼小贩摊位上融化的脂肪，像炸什锦、下水道和垃圾，像遍布人行道的尿液和粪便，也像自己身体周围堆聚的其他身体上的汗液。比利亚的广场上也挤满了从省城来的警察，他们来，显然是为了监控嘉年华女王周围旋风般的混乱人群，女王还只是个小女孩，被裹在薄纱和锦缎里，仿佛另一个世纪的公主：那个孩子目光迷茫，微笑僵硬，伴着喇叭外壁和她脊背之间轰鸣的切分音节奏，舞动着自己纤细的肢体，她爱汽油，一只手插在腰间，另一只扶着皇冠，那就多给她点儿汽油，她的目光空洞，几乎流露恐惧，她那么爱汽油，因为脚下的醉汉在向她喊下流话，他们话里的似乎不是色欲，而是饥饿，多给她点儿汽油，如果警察允许这些人靠上前，或许他们就会吞吃她，把牙咬进那柔软的、几乎贴着骨头的肉。布兰多这辈子从没这么笑过，笑到流下了歇斯底里的泪水，甚至要扶着墙、靠着朋友才能站立，他的大脑已经被大麻、啤酒和笑到发疼的肚子搞得晕晕乎乎，他笑那些疯癫娘炮，笑那群基佬的百般洋相——她们浓妆艳抹，从全国的各个角落来到著名的比利亚加尔博萨狂欢节，只为释放自己，只为在这座城镇中自由地做一回伪娘，她们套着芭蕾舞者的紧身网袜，扮成身背翅膀的仙女、红十字会的性感护士、肌肉发达的啦啦队队长和体操运动员，扮成女里女气的男警察和穿细跟长筒靴的大腹便便的猫女。有更疯狂的娘炮，扮成了新娘的模样，在小巷里追逐小伙子；有丰乳肥臀的滑稽娘炮，专门找害羞的家伙亲嘴；有把脸涂得像艺伎一样惨白的娘炮，戴着外星人的触角，舞着穴居人的棍棒；有扮成嘉布遣修女和苏格兰女人的娘炮；有化装成猛男的娘炮，她们就像任何一个真正的男人，直到架起墨镜，才能看见那修整过的眉毛、扑满彩色亮粉的眼睑和淫荡的目光；有只要跟她们跳舞她们就请你喝啤酒的娘炮；也有为了争宠彼此拳脚相加的娘炮，她们会互扯假发、皇冠，一边哭号一边在地上打滚，在围观人群的笑声中把鲜血和身上的亮片散落一地。总之，布兰多不明白，为什么在那种疯癫无度的混乱中，时间会过得那么快，待他反应过来时，天已经亮了好一阵子，可朋友们坚持说应该再弄些可卡因，继续狂欢，便叫蒙拉带他们去拉散哈买可可精。很快，布兰多就坐上了蒙拉的车，在一旁看着那个二货瘸子朝马塔科古伊特的方向猛开，事实上，都怪他抽了太多大麻，喝了太多酒，或者之前太嘈杂，布兰多并不知道那个穿绿裙子的女人是怎么加入这伙人的，又是什么时候跟他们一起上车的。没人认识她，没人知道她的名字，但是她好像也无所谓。她喝得烂醉，一脸茫然，而且看起来还欲火中烧——往四下里伸出她笨拙的手，想抓他朋友的家伙。威利是第一个要扒光她衣服的人：他把她的胸从连衣裙里掏出来，粗鲁地揪住她的乳头，好像是要挤奶还是干吗，但那女的喜欢得不得了，不停地呻吟，让他们操她——所有人一起上，就在货车的后座上——那些浑蛋也这么干了：他们都操了她，先是威利，那个爱占便宜的浑球，之后是变种人、猫耗子、羊羔和狗子，只有蒙拉没参与，他正忙着开车，不过透过后视镜把一切都看得一清二楚，他阴着脸，想着后座肯定被弄得到处都是精液，这些恶心的臭猪。路易斯弥也没参与，他没胆儿，而且嗑了太多药，早就在副驾驶座上靠着车窗玻璃睡着了，而布兰多则在一旁看着眼前的场景，着迷又恐惧。那个女人多毛的、灰色的阴部所散发的气味让他恶心。女人那地方就这气味？狗的视频里那个女孩的那条秀气的缝儿闻起来也是这种气味？见鬼！他更想扭头去看窗外，看芦苇塘上方暗蓝的天空，但过了一会儿，他的朋友就开始叫他：布兰迪，哦，布兰迪，就差你了，布兰迪。这次就上了她吧，小子，趁热上了她，威利叫道，趁她还没醒，因为那傻缺女人已经晕了过去，可能是挨了太多的鸡巴操，或者不知道是怎么了，反正所有人都在笑，都在叫：上了她，操蛋布兰多，趁热上了她，布兰多没什么兴致，但又不能拒绝，只好钻到后座，在内裤里找自己的家伙，不过他没脱裤子，怎么能让那群堕落的臭傻缺看见自己的屁股？他在女人高高翘起的两腿间跪下，向他早已失去的全部信仰祈祷，求神让自己的鸡巴硬起来，哪怕稍微硬起来点儿，假装自己能操也行，这样就不会在朋友们面前尴尬了，在他闭着眼睛想着他的女孩、他的狗，用右手手指暗暗撸着包皮，就要成功把自己家伙的顶端塞进那个黏腻的孔洞时，他突然感觉有一股暖流喷射到了自己的肚子上。他低下头，见自己的内裤和T恤下缘的颜色变深了，顿时恶心得吼了一声，向后一倒，撞在了车门上，现场的所有人都沉默了一秒钟，随后便指着布兰多的裤裆和那头母猪还在洒出的尿液，爆发出野蛮的狂笑和野兽般的号叫。她尿了他！他们喊道。那群傻缺。他操她的时候被她尿了！恶心的母猪，狗屎臭猪！布兰多扑上去，在她脸上重重揍了一拳，没有人拦他，所有人都忙着哄笑。幸好当时蒙拉在距离巴布罗兄弟接头点五十米处停了车，骂骂咧咧抱怨着尿臊味，让他们把那女的扔在了路边，要不是这样，布兰多还会继续出拳，直到把她的脸打扁，把她的牙揍掉，甚至把她打死，因为她用她恶心的尿弄脏了他的鸡巴和衣服，但最可恨的是，让他在那伙人眼前出了洋相，好几年之后，那群浑蛋糙人还会拿这事笑话布兰多，一笑就停不下来，布兰多也只能忍气吞声，因为他知道，如果自己敢暗示丝毫对嘲讽的不满，他们就会变本加厉地整他，或许正因如此，为了引开他们的注意力，为了让他们忘记那件事——虽然也是因为天天撸管撸了那么多年，自己也倦了——布兰多成了莱蒂西亚的情人。那个大屁股的黑女人比他大十岁，两人在堂罗克的店里撞见时，她总是对他抛媚眼。莱蒂西亚嫁给了一个石油工，工人每天一来一回去帕罗加丘上工，所以她白天都是一个人，无聊得要命，至少她去买烟时，逢人就这么说。布兰多没和她讲过话，他去店里时会回避她的目光，大多数时候都只站在堂罗克放在人行道上的游戏机前，忙着击败街区里的小屁孩。他不和她说话，但会看她的屁股，恬不知耻、堂而皇之地看，她也知道，所以会把圆滚滚的屁股——那对屁股蛋来到世上，仿佛就是为了被抽打、被啃咬、被惩罚——晃得更加厉害。一天，她当着公园那群蠢蛋的面，冲他挤了挤眼睛，做了个手势，布兰多没办法，只好跟着她回了家。回来给大家讲他的经历时，他们都说他真是条幸运的狗：那女人开了家门，请他进去，几乎没说话就把裙子撩起来，让他看见自己根本没穿内裤。他就在那儿操了她，他告诉他们，一开始是站着，在玄关那儿，之后又把她抵在客厅沙发椅的椅背上，再之后是在二楼的窗户那儿，她把头探出窗外，在窗帘间窥视着外面，以防丈夫意外地提前回家。那个蠢女人不愿去她和丈夫睡觉的那张床上，也不愿给布兰多口交，她说不喜欢，说精液的味道让她恶心。她下体的味道才叫人恶心呢，他想，但并未出声。他总是从后面操，或是让她趴在沙发椅上，这让他愉悦。在呻吟的间隙，她会央求他抓自己的头发，揉按自己的屁股，把两边分开好进入得更深，或者操她的屁股，最后射在里面。唯一的问题是布兰多射不出来。这一点他当然没有告诉朋友们。莱蒂西亚也没发现，或者说那条母狗根本就不在乎：她喜欢布兰多去看她，去操她，他能让她高潮，这就够了。她说他是她有过的最好的情人：最慷慨，也最持久，布兰多在后面卖力——越来越累，越来越多汗，也越来越厌倦——的过程中她来了能有九百回。最开始进入她身体时的快感渐渐变成了一种强烈的厌恶，因为莱蒂西亚的臭味会随着每次高潮的来临而更加强烈，臭味钻进布兰多的鼻子，让他的胃痉挛，于是他闭上眼睛想着那条狗的女孩，想着那个下体，那个秀气的、无害的、肯定是树莓蜂蜜味道的小穴，但也没用：莱蒂西亚阴道的辛辣现实、那如卖鱼摊子的下水道般的气味终于还是会让他疲软下来，那时，他会装作自己已经射了，接着撤开身子，飞速钻进厕所，摘掉脏兮兮但里面仍空空如也的安全套，把它扔进马桶，接着清洗双手、阴茎、睾丸，以及所有和莱蒂西亚阴部有过接触的皮肤，即便如此，有时他到家后还会再洗两遍澡，因为他总觉得那种恶臭还缭绕在身旁。他跟公园里那伙人是绝不会说这些事的。他跟公园里那伙人只会详细描述在猛撞那个黑屁股时自己下腹部的感觉。他也经常讲到一些从未发生的场景，比如，莱蒂西亚给自己做口交的样子，或者她怎么央求自己射在她脸上或她胸上，那些都是他在色情片里看到的场景，而不是他真正见过的。他也从没告诉他们，有时他很想让那个黑女人见鬼去吧，他不想再去她家，不想再操她，但是话说回来他又需要她。他需要她晃动的屁股，需要她做作的呻吟，需要那个紧实却散发恶臭的阴部，好继续给朋友们讲故事，继续用那些肮脏的事情娱乐他们，好让他们有一天不再用那只尿在他鸡巴上的母猪来折磨他。因为他们的确还会不时提起那件逸事来嘲弄他，那帮土鳖，妈的，一切东西，只要会动，他们就会去操，他们甚至还会跟那些娘炮做交易来赚钱，之后再拿钱买酒买毒品，不过有些时候，也会放飞自我，纯粹为了享乐去操那些在狂欢节期间一拨一拨来到比利亚的男婊子。最开始，这让布兰多觉得很畸形，像受到了侮辱，但后来他也被卷入了那伙人无可辩驳的逻辑里，慢慢习惯了：小子，你别跟我说从来都没有男的给你口过，威利绷着被可卡因搞僵的下巴说。那你可真不知道你错过了什么，小子，羊羔插话。他们会给你做盘西红柿茄子炒青椒，之后还给你钱，请你喝到醉。你只用闭上眼睛，变体人说，然后享受口活儿就行。你真没和男人搞过？几个人脸上挂着嘲讽的笑，又问了一遍。那种温柔紧实的小基佬，跪下来舔你的蛋时叫得像小狗似的基佬，你就没搞过？布兰多曾试图嘲笑对方，说他们搞这些，他们也就成了娘炮同性恋，但那群浑蛋总有办法把取笑的矛头掉转向布兰多，让他觉得自己是个没有经验的傻瓜，他妈的。让傻娘们尿了鸡巴的可怜蠢蛋！天杀的！不过跟那些娘炮搞，也不是事事都如意，布兰多也发现了这一点：跟威利还有其他人（甚至连那个操蛋路易斯弥都在内，谁能想到啊！）搞在一起的基佬大部分都是又老又呆的大肚男，总是在礼拜四到礼拜六之间跑到比利亚的小酒馆里寻找小鲜肉或者新炮友。那些疯疯癫癫的老丑男都跟巫婆一个德行，妈的，那个拉马托萨的变装癖成天把自己关在那栋蔗田环绕的阴森房子里，让布兰多毛骨悚然，不过这跟他们和她干的勾当没关系，纯粹是他小时候大人跟他说的那些话造成的：有时，他会在街上玩到不想回家，但妈妈偏要让他回去，就会跟他说，如果他不立刻进屋，巫婆就会来把他抓走，有一天，他妈的纯属偶然，那个娘炮恰巧从街上走了过去——她有时会在比利亚出现，一袭黑衣，面纱遮住整个脸，大家都叫她巫婆——他妈指着她对布兰多说，看见了吗？巫婆来抓你了，布兰多抬起头，和那丑陋的鬼影撞了个正着，他疯了一样跑回家，藏在床底下，很久都不敢再上街玩，巫婆给他造成的恐惧实在巨大，过了那么久，他也只是把它埋进记忆的后院，每次跟朋友们在那个狗屎娘炮家疯玩，这种恐惧都会再度浮现。巫婆总会请客喝啤酒、烈酒，甚至会招待大家嗑药，她这么做只是为了让人们留在那个她几乎从不离开的家里。那栋房子杵在拉马托萨的一片甘蔗田中央，就在制糖厂厂房的后面，丑得要命，令人作呕，布兰多觉得它就像一只被草草掩埋的死乌龟的壳，一个阴森的灰色物件，要想进去，得走一扇小门，门后是一处污糟的厨房，再往里沿走廊走，就来到一个大客厅，客厅里塞满破家具和成袋的垃圾，侧边有条楼梯通往二楼，但没人上去，因为每次有人想去，巫婆都会勃然大怒，楼梯下面有个类似地下室的空间，那基佬就在里面举办她的派对，其中放着沙发椅和大喇叭，甚至还有马塔科古伊特舞会DJ舞台上的那种彩灯，人们玩得可疯了。在迎接过众人、把他们安置在那个小暗屋里后，那个操蛋娘炮就会消失一阵，再回来时，就已经摘掉面纱，露出了顶着夸张彩妆的脸，甚至还会戴上亮晶晶的彩色假发，待一切就绪，当所有人都已喝醉或飞叶子飞高——她把大麻种在自家院子里，此外，她还会摘下雨季牛粪下面长出的蘑菇，把它们腌渍进糖汁，好让来家里的男孩们都能卸下防备，彻底疯魔一把，让他们跟着感觉走，让他们瞳孔放大得像日本漫画里的角色，让他们为眼前的万般幻象目瞪口呆：融化的墙壁、布满众人脸庞的文身，还有巫婆头上长出的犄角、身上长出的翅膀、转为通红的皮肤、变得明黄的眼睛——之后，便会有音乐从喇叭中传出，这时，那个娘炮会登上房间尽头陈设的舞台，在聚光灯笼罩下唱起歌来，或者说，尖声号叫——他一把烂嗓子，高音永远唱不上去。不过布兰多很熟悉那些歌，他妈妈做家务时也会听，乡镇情歌电台也总在播，那些伤感的歌曲，唱的词都是这种：我真的为你疯癫，好怕哪天你不再在我身边；或者：我会做你的情人，或认下其他委曲求全的身份，你让我做什么人，我就是什么人；再或者：在我的窗外，人生就这样流逝，明明与你在一起，我却形单影只，她甚至会一边唱一边做手势，巫婆手里拿着话筒，目光迷失在眼前的空洞处，那贱人还真以为自己在舞台上、在体育馆里，被歌迷环绕呢，她有时微笑，有时又像要哭，布兰多不明白为什么自己的朋友，还有那些自愿前来的呆瓜——主要是附近村里的小伙子，也有不知哪儿来的女里女气的老男人——都那样望着她，如痴如醉，或是被惊得目瞪口呆。他唱得那么烂，也没人敢起身嘲笑这个基佬或是让他闭上臭嘴。事实上，布兰多一直就不喜欢去那栋破房子，因为每次嗑可卡因磕到爽了，一切就开始加速，他那时最不想要的就是被关在那个阴森的龟壳里，一遍又一遍地听他妈妈会听的那些歌，之后他会陷入妄想，开始觉得所有人聚在一起，就是为了把他搞疯，好趁他合眼或不小心睡着时揩他油、强奸他，很多人吃了巫婆像分糖一样分给大家的药片后都会瞌睡，都会变得又蠢又呆，只会眯着眼傻笑。有一回那基佬坚持要布兰多也吃一粒破药，布兰多拗不过，只好假装吞下去，随后立即吐出来，把药塞到自己坐的沙发椅靠边的缝隙里，他坐在那儿，看着周围人一个接一个地在座位上融化般滑落到地板上，呆傻到无法继续为那娘炮鼓掌——在彩灯下，她不断扭动着身体，仿佛一个恐怖的巨型皮娃娃，一个突然获得了生命的噩梦人偶。更要命的事情还在后头：那娘炮吼完自己的破歌，紧接着拿起话筒的是路易斯弥那浑蛋，也不用人招呼，也不用人逼迫，那家伙好像一整晚都在等待上台的时刻，他拿起话筒，双眼半闭，唱出声来，因为烟酒过量，声音有点嘶哑，不过别说，路易斯弥这浑蛋唱得居然真挺好，谁能想到呢？耗子脸的瘦猴，嗑了这么多药，声音还能这么悦耳，这么深邃，这么年轻，同时又这么爷们，让人过耳不忘，这怎么可能啊？布兰多有所不知，他们管他叫路易斯弥，就是因为他的嗓音和歌手路易斯·弥格尔的很像，布兰多原以为那绰号是对他外貌的残忍嘲讽，因为他被日光晒焦的卷发、歪七扭八的牙齿和干瘦的身板，正好和那位帅气的名歌手相反。不知你会怎样，那家伙唱道，但我无法不思量，声音清澈如水晶，没有一刻能逃离，震颤着，仿佛一条绳索在抖动，你的吻、你的拥抱，和我们那次幸福共度的回忆，布兰多突然感觉喉头被什么堵住了，浑身窜起鸡皮疙瘩，有那么一阵，他甚至觉得肚子里有电穿过，他想，可能是因为自己没有及时吐掉药片，所以眼前的一切都落入幻觉，呈现为一场奇异的噩梦，是因为自己吞饮劣质烈酒、吸食过量大麻，同时又和那可怕的疯娘炮一起被关在那栋可怕的房子里，而产生了失控的亢奋感。他从没告诉过任何人路易斯弥的声音是这么让他触动，他宁死也不肯承认自己继续去巫婆的派对，是为了听路易斯弥唱歌。说实话，往那地方跑了有好几年后，每次迫不得已跟那个狗屎娘炮说话时，布兰多后颈上的汗毛还是会竖起来，因为她太丑、太怪，挪动四肢的方式又那么诡异、僵硬，好像一个突然被灌注了生命的没有提线的木偶，要是有的选，他绝不会跟她说一个字，他去那栋房子只是为了陪大家，不过有一次，他被迫接受了巫婆给他口交，就在那儿，在地下室的其中一把沙发椅上，更可怕的是，还是在路易斯弥唱歌的时候：如果当时不答应那个操蛋狗屎傻缺娘炮，对方就会把他赶出聚会，布兰多可不想在黎明独自一人穿过甘蔗园走回比利亚去，所以，当那一刻来临，我不知道你怎样想，他掏出了自己的家伙，但我仍想再次经历，让那个基佬给他口交，你送我的那个夜晚，他闭上了双眼，听着路易斯弥的歌声，给我带来的无限疲累，但完全没碰身下的人，你用亲吻构筑的时刻，当基佬的舌头裹住他的东西时，布兰多也只是按照羊羔和变体人说的——就闭上眼睛，想想别的——去做，他从来都没，一次都未曾允许过那娘炮摸他的脸或亲他，因为让那些基佬来爱自己、忍耐他们的"基"情四射、让他们请自己喝点儿酒、赚他们五百个比索，甚至操一小会儿他们的屁股或者嘴巴是一回事，而像浑蛋路易斯弥那样跟巫婆激吻交缠，自甘做一头恶心的猪是另一回事——没人知道为什么布兰多看见这一幕会如此反感，之前看见满脸麻子的色猪变种人在大搞特搞那臭基佬时，他都没觉得有什么可怕。或许是因为在他心底，和鹅佬[1]亲吻这种事是恶心的，是对他男子气概的可耻侵犯，路易斯弥怎敢当着众人的面那样亲那个基佬呢，布兰多一直以为他是个直男，很爷们，

---

[1] 在墨西哥及其他一些西班牙语美洲国家，"鹅"（ganso）会被用来指代同性恋，有强烈的鄙视意味。

也很酷，虽然只比布兰多大一两岁，但想他妈干什么就干什么，谁的话都不听，更不可能如他这般屈服于一个歇斯底里又保守——一看他醉酒回家就捶胸大哭——的母亲。路易斯弥想去哪儿就去哪儿，想干吗就干吗，他没有在大家胡闹时被母猪尿过鸡巴，没人取笑他。没人找路易斯弥的麻烦，布兰多很嫉妒，不过他很快发觉，在路易斯弥开始频繁跟朋友们去公路旁的酒馆找娘炮和鹅佬时，有个影子一直跟着他——他的表姐"小蜥蜴"。那女的又丑又瘦，嘴往外凸，常怒气冲冲钻进那些黑黢黢的小屋，当着所有人的面对路易斯弥一顿拳打脚踢，之后再揪着他的头发把他拽走。没人知道那疯女人怎么了，为什么这么恨路易斯弥，那帮人拿表姐的事嘲笑他时，他也不过忧伤地笑笑，从没说过什么。大家都说他表姐一直在监视他，着了魔似的一心想要抓住他和基佬乱搞的证据，好让他奶奶剥夺他的继承权。路易斯弥看上去挺傻，但其实并不傻，总能在她眼皮下随那些娘炮一起溜走，让她抓无可抓；直到那天夜里，疯表姐出现在了巫婆的家里，当时布兰多正巧在院子里抽可卡烟，就站在厨房门旁枝叶细密的罗望子树下，他之所以出来抽烟透气，是因为屋里派对的气氛已经粗暴到超出了他的神经所能承受的限度，从某一刻开始，他就再也忍受不了巫婆在话筒前的鬼哭狼嚎、那些破歌在合成器里发出的尖厉声响，还有让人眼花缭乱的彩灯灯光了。他跑到院子里，想一个人待会儿，安安静静抽两口他的可卡烟，用他扩大了的瞳孔望一望夜晚，那时，陪伴他的只有昆虫的鸣唱和疾风穿过平原的哨音，愚蠢的风，总想熄灭他卷烟上的火光，可卡粉和大麻烟丝混合，粘在纸卷的内壁上，烟气升腾，让他突然生出美妙的快感。或许是可卡因让他的视觉变得更加锐利，或许是因为他的瞳孔已经习惯了院中的黑暗，就在他把燃着的烟头扔向潺潺作响的深邃水渠后，布兰多感觉有个身影正从路上向他靠过来，一个干瘦的影子，一声不吭，猫着腰，沿着砂石路朝前走来，他眯眼一看，立刻认出了是谁——路易斯弥的表姐，外号"小蜥蜴"的那个。她还没看见他，肯定是因为他被罗望子的叶子遮住了，或者是因为厨房门上的灯太亮，像耀着那些环绕灯疯狂扑腾的巨大窃蠹一样耀住了她的眼。布兰多突然起了坏心眼，忍住不作声，等她走到近处、就要伸手拉铁门时，他才突然张口，用低沉又阴邪的嗓音问道，去哪儿？她像被击中的大鸟般一声惊叫，脸上瞬间写满恐惧，布兰多见状大笑。她肯定吓得拉了裤子，那傻娘们，给吓得，还不停地往罗望子树这边瞧呢，过了一会儿，布兰多从枝叶间钻出来，让灯光照在自己满含嘲讽的脸上。她似乎认出他了，尽管从没人给他们介绍过彼此。蠢小子，想什么呢？她说。似乎是因为刚才的惊吓，或者因为太过生气，她的声音像喉咙被扼住时发出的。差点儿给我吓出心脏病，浑蛋。布兰多忍不住又大笑起来。她转过身，拽开了厨房的铁门，布兰多上前一步拦住她。去哪儿？他又问了一遍。她猛地扒开对方搭在自己肩膀上的手，龇了龇牙，关你屁事，浑小子。布兰多并没有急，只是带着一种冰冷的怒气，绷着嘴唇向对方笑了笑，之后手掌朝着对方抬起，没错，你说得有理，在这儿我谁都不是，他说，进去吧，但一会儿你出来时可别尖叫……她满怀恨意地看了看他，走进门，在消失在厨房的黑暗中之前，她回过头，对他说：你就是个魔鬼，小屁孩。布兰多不想跟着她，便留在门口，顷刻间只觉一阵恶心，心脏猛烈地锤击着胸口，于是他双手紧抓住门上的铁栏杆，一定是可卡因搞的，对吧？或者，是因为事实上他太想看里面就要发生的热闹了，他想，路易斯弥的表姐在走进地下室、看见里面正在发生的一切后，肯定会跳到路易斯弥的身上又吼又打，就跟去小酒馆抓他那几次一样。但那晚他白等了一场，因为里面并未传出任何叫喊，只听得到巫婆尖厉的歌声，做你的情人，或认下其他委曲求全的身份，与此同时，在外面，在院子里，夜色越发浓稠，你让我做什么人，我就是什么人，固执的南风吹着，树叶飒飒摇动，灌木簌簌震颤，女王、奴隶或妻子，几乎盖过了蛤蟆和知了献给月亮的小夜曲，但请让我回去，回到你身边，在他最意想不到的时候，铁门猛地一震，小蜥蜴的身影从厨房的黑暗中浮现，她一把推开他，朝小路逃去，与他的想象不同，她并未惊叫，只径直跑远，好像魔鬼本人正尾随追杀。这期间乐声一刻未停，布兰多便决定进去看看情况，在到走廊之前，他就和路易斯弥撞了个正着。那家伙没穿上衣，一脸惊恐，下颌拉下来好长。不会吧，这是他说的第一句话，伙计，我觉得我看见我表姐了。布兰多把一只手搭在路易斯弥的右肩上，安抚对方说，别胡说了，伙计，没事的，他对他说，我就在门外，谁都没看见。路易斯弥糊涂了，可是我清清楚楚地看见她了，看见她把脑袋伸进房间里。布兰多还是一脸微笑，你嗑药嗑太多，肯定是想象出来的，伙计，我就在门外头，跟你说，谁都没看见。路易斯弥说，但是，但是……他因为紧张，之后的话都没说出来，那天晚上也不想再上台唱歌，只是一杯接一杯地喝酒，一直喝到不省人事。过了好几天，布兰多才得知，路易斯弥已经不再和奶奶还有表姐们同住，他去了他妈妈家，母子俩关系很差，所以看上去他更像是搬去和巫婆住了，他一天到晚不是在公路边的酒馆里，就是在比利亚被废弃的仓库后面的铁轨附近，其余时间则一直窝在他妈妈的房子里。铁轨那边发生的事不过是传闻——的确是传闻——但性质有些严重，因为没钱买可卡因的时候去跟娘炮们搞一搞是一回事，自己跑到废弃仓库后面可就是另一回事了——那地方，随时过去，都能在灌木丛里看见正干得火热的家伙，操啊舔啊的，纯粹为了搞基的快感，那事情就绝对不一样了，就太恶心了，因为大家都知道，铁道那边从没人收钱搞，说实话，布兰多心里燃起了一种病态的好奇，他很想找一天跟踪一下路易斯弥，看他究竟是不是会去铁道那边免费操从马塔科古伊特军营里溜出来的军人，或是像条发情母狗似的被他们群起攻之，但布兰多克制住了，因为他怕自己跑到那些地方，别人会以为他也是个基佬，所以他也就止于了想象。有时，那些娘炮会把布兰多带到梅特德罗酒吧的小便池，付钱要给他口交，他会闭上眼睛，想象轻轻游走在自己龟头周围的是路易斯弥的舌头，这种时候，他的家伙总会硬得吓人，惹得那些基佬连连惊叹，之后便吸吮得更加卖力。布兰多射出来时，想的是路易斯弥的眼睛，想着路易斯弥看见他的工程师到来时的那种无耻眼神，那个在石油公司工作的大肚子半秃老男人每个礼拜五都会离开工地，出现在梅特德罗，和路易斯弥一起喝威士忌，他们两人一起把酒吞下肚，模样怪异，沉默不语，像老夫老妻，或者已无须交谈就能彼此陪伴的老友。那工程师是个体面人，他穿着完美无瑕的长袖衬衫，毛发茂盛的手腕上戴着金手环，腰带上别着最新款的手机，路易斯弥一头乱发，不停踢踏着拖鞋的双脚脏得要命，却像含情怀春的十五岁少女那样望着对方，突然间，你稍一走神，再看过去时，两人已消失不见，你清楚得很，他们是坐着工程师的越野车走了，去野地或者天堂汽车旅馆——就在公路边上——的哪个房间打炮去了。布兰多只看见过一次他们接吻，在梅特德罗院子里的一角，在暗处交缠在一起，好像一对偷情的小情人，嘴狠贴着嘴，眼紧紧闭着，工程师的手揉捏着操蛋路易斯弥的屁股，欲火焚身的样子像极了那些忍不住抓摸女人性感臀部的家伙。布兰多立刻跑进小饭馆，把自己看见的都讲给了那帮人听，他们异口同声发出了惊呼：我操！小子！路易斯弥是那工程师的鸭！路易斯弥，操他妈的狗屎娘炮，谁能看出来啊！我操！现在看看谁会先操他，羊羔说着大笑起来，几个人碰了碰啤酒瓶，开始在那儿揣摩操路易斯弥是什么感觉，他屁股是不是很紧，还是说已经松了，他口活儿又怎么样。布兰多静静听着，想象着他们说的东西，一直想到一股热望淹过他的胸膛。那一晚没什么娘炮基佬，可能也不会再撞见路易斯弥和那个老男人亲热，他只好走出店面，用口水沾湿了手，开始自慰，在羞愧的喘息中想象着一边从后面插入路易斯弥，一边用手轻轻帮他打手枪的感觉，布兰多想让他和自己一起高潮，想让他四脚着地达到高潮，就像一条狗，他就是条狗，一条又瘦又脏的发情母狗，工程师——该死的基佬工程师——一来就欲火焚身、摇起尾巴的母狗。甚至连巫婆都察觉到路易斯弥被那个老男人吃定了：他一聊起对方就没完没了，总是说对方有多牛，总是说他要给自己在石油公司弄份工作，说白了，那根本就是给他的脑子来了个口活儿，因为路易斯弥小学毕业都磕磕绊绊，除了操人和被操，什么都不会，没有任何有理智的人会给他工作，清洁工的活儿都不可能。不知道是谁把话传到了巫婆耳中，一夕之间，只要路易斯弥跟那帮人去巫婆那儿，该死的巫婆就会没完没了地挑刺，当然是因为她他妈的吃醋了，一天晚上，她甚至直接让他去死。那是嘉年华开幕的前几天，她偏说路易斯弥昧了她的钱，路易斯弥说没有，没有那回事，说自己嗑药嗑得太嗨，叫别人把钱给偷了，或者他自己给弄丢了，不确定。两人在众人面前扭打起来，打得很凶，不停尖叫，说的话难听极了，突然间，巫婆给了路易斯弥一耳光，路易斯弥转眼便扑上去，掐住巫婆的脖子，一副要把他掐死的样子，直到大家上去把两人分开，巫婆才躺在地上哭起来，还不住蹬腿，好像动画片里的角色，路易斯弥则转头离开房子。布兰多跟上他，一直跟到萨拉胡安娜的店门外才追上对方，在自己从他那儿偷来的钱——巫婆给了路易斯弥两千比索，叫他去买几克可卡因，好招待要来家里的那帮人，因为他们需要些刺激才能忍受她唱的破歌、她播的狗屎音乐和她可悲又滑稽的表演——中拿出一部分，请他喝了几瓶啤酒，才安抚住了对方。凌晨三点，萨拉胡安娜酒馆里的人走空了，路易斯弥在抱怨了巫婆的破事好一阵之后，嗓子沙哑，两人从酒馆出来，走了五百米，回了路易斯弥家，就在那儿、在地上那张床垫上，两人倒在了一起，路易斯弥立刻睡着了，布兰多躺在他身边，听他的呼吸，隔着衣服揉搓着自己的阴茎，直到那种渴望，那种可恶的、想占有对方的渴望涌上来，越来越强烈，迫使他脱下裤子，跪在了路易斯弥的脸旁，把自己阴茎的顶端凑到了他朋友半开半合的嘴边，那个贱货突然张开那对厚厚的唇，任它钻进自己的嘴里，一直顶到最里面、最深处，在感觉到路易斯弥的舌头裹住自己的包皮系带时，他到达了高潮，在强烈至极、甚至令他感到疼痛的痉挛中，到达了高潮。那是那晚他记得的最后一件事，也是他愿意记得的最后一件事，因为在射精之后，他一定是晕了过去，第一次在路易斯弥嘴里经受了那种近于毁灭的强烈高潮后，他的思维一定是陷入了空白，所以第二天，在那张床垫上醒来时，他吓坏了，头疼欲裂，裤子褪到脚踝，右手缠在路易斯弥的乱发中，路易斯弥的头轻枕着他的肩。布兰多的第一个反应是赶快抽身，路易斯弥的头随即落在床垫上，但人并没醒。他的第二个反应是提起裤子，随后搬开当门用的木板，跑上小路，再跑上公路，爬上遇见的第一辆朝比利亚方向去的卡车，同时祈祷着不要被任何人——尤其是闲话大王蒙拉——看见自己从路易斯弥的"小窝"出来。他到家就洗澡，洗去了让两腿间的毛发变硬的残余精液，光着身子躺到了床上，这时才发觉自己犯了一个巨大的错误：他不该他妈的像个胆小鬼一样逃跑，而是应该骑到路易斯弥身上，趁他在梦中毫无防备，用手把他掐死，或者——更好的办法是——拿腰带把他勒死，这样，就不用整个嘉年华都跟妈妈（她倒是很高兴）闷在家里，因为他现在怕跟朋友们见面，怕他们搞清楚路易斯弥和自己之间发生的事，怕他们在全镇人面前狠狠笑话他，叫他娘炮、基佬、娘娘腔，操他妈的。过了圣灰礼拜三，他又多等了一礼拜才在公园现身，手插在兜里，脚上踏着他新的阿迪达斯球鞋，胃里紧张到翻江倒海，却发现好像没人知道他的事。路易斯弥没告诉任何人，或许他那晚嗑了太多药，根本不记得他们之间的事，不记得他们在那个肮脏的床垫上做了什么，至少布兰多是这么想的；直到两个礼拜后，也就是三月初的时候，他在公路旁一家新开张的名叫"卡瓜马拉马"的小酒吧里碰见了路易斯弥的工程师。他虽然从没和那个家伙说过话，工程师却知道他的名字，还坚持要请他喝威士忌，喝到一半，老男人说想让他带自己去弄点儿可卡因，于是布兰多坐上了他的皮卡，带他去了拉散哈，甚至还帮他的忙，下车去巴布罗兄弟那儿弄了两克可卡因，之后又跟他去到一片荒地里，吸掉了那玩意儿——布兰多按自己喜欢的方式，把它塞到香烟头里抽光了——之后，那该死的娘炮老男人长出一口气，向布兰多扭过头，狐媚地笑着求他把裤子脱下来，说他想舔他的屁股。布兰多一时间无语，以为自己听错了，觉得工程师想要的是他把裤子脱了，好舔他的鸡巴，但就在把手放在腰带上要解开扣袢时，他突然明白过来，明白了工程师想干什么，他气愤到用哑掉的声音跟对方说滚蛋，让他去舔他奶奶的屁股，他不喜欢这该死的娘炮玩法。工程师气喘般大笑起来，用言语迷惑他：哎，孩子，都没人给你舔过，你怎么知道你不喜欢？布兰多回过头，语带更大的怒气让对方滚他妈的蛋，但工程师并不退缩，坚持要让布兰多试一试，说他会喜欢的，试试嘛，别犹豫了。好像他是那种蔫了吧唧的贱基佬，需要人使劲求才会松口，才会脱下裤子，在座椅上四脚着地，让工程师舔他的肛门，之后再插进去——肯定会插进去，舔完它就算准备就绪。来吧，我会让你爽的，大肚子老男人说道，他甚至还舔了舔小胡子。正是因为看见了那条苍白的舌头，布兰多一下子炸了，滚你妈的，傻缺鹅佬，他说着，打开皮卡的门，转身就要下车，工程师也只是笑，然后说，你知道你来是干吗的，别装傻了——路易斯弥都跟我讲了，舔你菊花的时候，你简直要爽疯了……当时布兰多一脚已踏在地上，结果人又坐回座位，往工程师那边一凑，狠狠用脑袋撞了他的头，撞碎了他的眼镜，凭自己发际线处感觉到的咔吧一声响，还有透着浓浓香水味的傻缺娘炮发出的尖叫，他判断对方的鼻子也被撞折了。布兰多不想留下来看自己造成的伤害，他跳下皮卡，径直穿过公路，爬上山，在草木繁盛的大地上跑啊跑啊，直到感觉自己的胸膛燃烧起来才停下。他的额头也流血了，等回到镇上时，血迹几乎干了，伤口又很小，根本没人注意到，他妈妈甚至都没问起他。他妈的狗屎老男人，他妈的浑蛋路易斯弥，为什么偏要四处去说？为什么就不能守住秘密，为什么一定要告诉那个傻缺狗屎工程师？为什么那天早上自己在那个床垫上醒来时，没把身旁的路易斯弥给杀了？他就该杀掉他，然后揣着从他那儿偷来的钱逃走，虽然没几个子儿。这些就是他最近在想的事：杀人，逃跑——没别的了。学校也很烦人，去那儿就是浪费时间，毒品和酒精让他恶心，他甚至变得并不怎么享受它们的功效，他的朋友都是些傻缺穷鬼，他妈妈也是该死的傻缺智障，还相信布兰多的爸爸有一天会回来和母子俩重新一起生活，可怜的老蠢货，她宁可假装不知道布兰多的爸爸已经在帕罗加丘有了新的家庭，每月给他们寄钱也不过因为把母子俩像垃圾一样扔掉后有点儿心怀愧疚，妈妈，好像咱们是屎一样，他妈的醒醒吧——做这么多祈祷有什么用？如果你根本认不清事实，祈祷又有什么用？人人都知道，蠢货！但她只会把自己关在房间里，一遍一遍地做例行祷告，几乎是吼叫出祈祷词，只为了盖过耳边布兰多的喊叫，盖过布兰多对着门拳打脚踢的声响。他多想把这拳脚落在她脸上，看看她是不是终于能明白，是不是最后能被打死，之后就一下子上了她该死的天堂，不再用她的祈祷、说教、抱怨和哭哭啼啼来折磨他：我的上帝啊，我到底做了什么，得了这么一个儿子？我从前那个宝贝儿子，我温柔乖巧的小布兰多去哪儿了？你怎么能让魔鬼钻进他的身体呢，上帝？魔鬼根本不存在，蠢货，他在门外咆哮道。魔鬼不存在，你的操蛋上帝也不存在。他母亲发出一声哀号，像挣扎在垂死边缘，但紧接着又开始祈祷，声势更加猛烈、更加虔诚的祈祷，仿佛要借此压住儿子的渎神之举。布兰多转过身，走进厕所，站在镜前，看着镜中自己的脸，直到感觉自己的黑色瞳孔和黑色虹膜都在扩张、变大，直到它们淹没了整个镜面，任一股可怕的黑暗占据了他，在那片黑暗里，甚至连地狱烈焰光辉的慰藉都不存在，只余一团荒凉、死寂的黑暗，一种何人何事都无力拯救他的空虚：公路酒馆里那些上前搭讪的娘炮的巧嘴不能，追随群狗交配狂欢的夜游不能，对他和路易斯弥共度一夜的回忆也不能——即便此事都不能。不知你会怎样，但我无法不思量，萨拉胡安娜店里的收音机唱道，在枕上我辗转把你想，但路易斯弥现在已不再唱这些歌，也不会像从前那样，一听见喜欢的曲子就随性哼唱，与他人、朋友在一起，甚至都不再说话，因为他实在嗑了太多的药，或是在无人见证的街，因为工程师不再接他的电话，而且也再没有人在公路旁的酒馆里见过那工程师，有传言说，因为甘蔗园区日益严重的安全状况，那浑蛋被调去了别的站点。布兰多从没跟路易斯弥讲过工程师和他之间的事，没说那老娘炮要给他舔屁股，也没指责路易斯弥泄露了他们两人间的秘密，因为一旦说出来，就代表他承认了他们之间真的发生过什么，布兰多还没准备好要面对这个情况，不过他也没准备好要面对路易斯弥——在为工程师哭了整整好几天、在酒馆厕所和公路阴沟里因为嗑药过量而生不如死之后——他突然有一天光彩耀人地来到萨拉胡安娜的酒馆，幸福地向所有人宣布……他结婚了！别开玩笑了，小子！真的吗？结婚了，真的结婚了吗？啊哈，那傻瓜点点头。她叫诺尔玛，是巴耶城来的。哎哟喂！就是那天你在公园里搞上的那个姑娘？其实这帮人里有好几个也瞄上了那女孩，但路易斯弥先人一步，把她带回了家，带回了拉马托萨，现在，她变成了他的女人，他的老婆，而且……听好了，娘炮们！诺尔玛的肚子已经大了，几个月后他就要当爹了。妈的！别开玩笑了小子！祝贺啊！一伙人都吵嚷起来，为了庆祝喜事，当天晚上，所有人都喝到了烂醉，路易斯弥竟然获得了人生幸福，操他妈的狗屎娘炮，全镇的傻缺基佬都争着抢着去给新郎口交，路易斯弥那浑蛋居然又重拾魅力，他甚至说自己不会再嗑药，很久都没看见他眼睛那么光亮了。布兰多怒火中烧，想着他俩的事，想着那个永远不会重来的夜晚，回忆令他那么痛苦，令他恨不得把它从脑子里连根拔除，同时他一遍遍地想，还有谁知道了他的秘密，路易斯弥还告诉谁了。或许工程师根本就什么都不知道，他那么说，只是想看看能不能碰巧猜中，只是为了把他蒙住……？因为一直没人嘲笑布兰多，没人用路易斯弥的话题来逗他，甚至从没人表示过丝毫暗示，路易斯弥本人行事也一如往常，好像那晚的事不过是布兰多的幻觉，好像这辈子他们就没爱抚过亲吻过操过对方，路易斯弥用最正常的方式和他相处，和从前一样：见他到了公园，挑一挑眉向他问好，再照惯例击一下拳，喝到半醉时，在梅特德罗的院子里给他抽上几口自己的大麻烟，布兰多抽着烟，不和他说话，也不看他，当然也不会碰他，就好像无事发生，就好像是布兰多自己想象出了一切，虽然这绝对不可能是实情——他又不是什么狗屎基佬，对吧？怎么可能想象出那种男男乱搞的场面……但为什么和大家一起喝酒时或和娘炮们做交易时，把眼睛从路易斯弥身上移开会变得那么难？为什么他会觉得路易斯弥正在等待最佳时机，好把他们之间发生的事告诉大家？为什么布兰多越来越沉迷于想象该如何在他把秘密抖搂出去前杀了他？他要做的不过是弄到一件武器，这很容易，之后就是杀掉他，这也不太复杂，再之后得处理掉尸体，或许可以把他扔进灌溉渠里，最后一步是离开这个镇子，跑到一个这辈子任谁也找不到他的地方，尤其是他那个蠢妈，或许在走之前，他也得把她给杀了，在她睡觉时朝她脑袋开一枪，用这类又快又小心的办法，把她送进她的操蛋天堂，一次性结束她的痛苦。因为事实上他妈妈毫无用处：不工作，一分钱都不挣，一天到晚在教堂里待着，不然就是瘫在电视前看她的电视剧或读她的八卦杂志，她给世界的唯一贡献就是每口呼吸中吐出的二氧化碳。一个彻底闲散、无用的生命。杀了她其实是帮助她，是对她表达了同情。但在实施一切之前，他需要弄到钱，足够让他跑去另一个城市、弄个地方住、在他找到工作前能维持生活的钱。他会开始新的生活，就像他爸因为公司换岗而去帕罗加丘后建立的那种新生活——终于离开了他们，离开了那个保守、冷淡的女人和那个对妈妈唯命是从的傻儿子，那个每礼拜日都会在弥撒上穿着辅祭服、给卡斯托神父打下手的小屁孩，那个以为自慰是罪、如果自己尝试就会下地狱的小屁孩。见鬼去吧，他想。让这破镇子上的一切都见鬼去吧，他舔了舔发麻的嘴唇，香烟头上的可卡因粉真好抽，它灌进肺里的劲头真猛，当鲜活的火光重新燃起时，那感觉简直太上头了，太他妈爽了，哥们，布兰多打着响指说，太他妈爽了，真舒服，你不想来点儿？他问路易斯弥，但对方只是露出歪牙笑了笑，说他不要，说他戒了，药片也不嗑了，现在就喝喝啤酒，抽抽大麻。威利说起了自己在坎昆的经历，说起自己十七岁离家去半岛做服务员的日子是多么美好。布兰多很想问他需要多少钱才能在那儿开始新生活，但又怕别人看他流露出兴趣，会联想到他在谋划的事情。三万比索应该够了，他算了算。三万比索应该就够去坎昆了，租个房间，然后开始找工作。什么工作都行，餐厅服务员或初级侍者，洗盘子的都行，只要能让他安顿下来，什么都可以，之后再学点儿英语，去酒店工作，那地方一定挤满了突然欲火中烧想来一炮的外国娘炮，但是不能在一处久待，要保持移动，要在那片绿松石色的大海边口交、打炮、闲聊。你觉得怎么样,和路易斯弥去梅特德罗的院子里抽大麻时,他问对方。突然间,不知怎的,他想到了一个弄钱——弄到那三万比索——的法子:从巫婆那儿搞。具体办法是去他家里借,或者如果值得,就直接干掉他,他们都说他房中藏了金子,路易斯弥,那种以前的硬币如今可值大钱了,他们说有一次,有个人在帮巫婆搬东西时,在家具腿边发现了一枚硬币,去银行一卖,人家说值五千比索,就那一枚该死的硬币,那娘炮扔在地上都没发现,都不知道滚到家具下面去了,那房子里肯定藏着成箱成袋的钱,不然巫婆靠什么过活啊,他又不工作,地也早都被制糖厂的浑蛋们给吞了,他从哪儿搞钱来买酒买药丸给那些去他家的年轻人,一个一个去那儿嗑到飞起,听他唱的破歌,不时在沙发椅上和他做爱。你想想,路易斯弥,哪怕是找不到那些钱,那个房子里也有点儿值钱的东西:地下室里的喇叭,还有合成器,超大的屏幕,还有投影机,那些都值钱着呢,都能搬进蒙拉的车里,只要给他钱,他会二话不说把咱们载去巫婆家。你想想,楼上那个房间里肯定藏着什么,不然为什么总是上锁?为什么只要有人想上去、只要有人问那上面藏着什么,他就那么生气?藏了什么呢?布兰多不知道。这么干值得吗？布兰多也不知道。他知道的是，不能有目击者，这一点他从没跟路易斯弥说过，就怕对方有想法。杀了那娘炮，把他扔上蒙拉那蠢货的车，之后和路易斯弥一走了之，再之后，布兰多早晚也得把他干掉，但是只有远离那个村子、远离比利亚、远离他们熟悉的所有地方之后才能动手，只有那时，布兰多才会让路易斯弥付出代价，因为这段时间他带给了他太多屈辱和愤懑，尤其是在布兰多看见那个被路易斯弥称为妻子的小女孩之后，那根本就是一个印第安脸的小屁孩，瘦瘦高高但肚子挺大，从不说话，别人一跟她说话她就脸红。她太蠢了，都没察觉到路易斯弥在骗她，那浑蛋跟她说自己在比利亚当保安，好继续跟那些大肚子老男人鬼混：司机、工人，还有那些高中都没上完的所谓工程师，那些人还以为穿上绣着公司标志的衬衫，喝起布坎南威士忌，自己就是大人物了。单独在公园里遇见路易斯弥时，布兰多对他说，小子，咱们搞那钱去吧，把巫婆干掉，把钱带走，永远离开这儿，你跟我一起走。但路易斯弥摇摇头，说他已经不想再见巫婆了，那次在钱的事上她不相信他，他到现在都还没原谅她：她要是以为骂过我小偷、傻缺之后我还会拖着身子回去找她，她就去死吧。布兰多还在不住劝他，每天都劝，只要见到他就劝，因为他急着要离开，而唯一能让巫婆拉开铁栏杆的办法就是让路易斯弥站在那儿，因为所有人都知道，那娘炮到现在还会为路易斯弥哭泣，总会问起他的消息，想他想得不得了，说如果路易斯弥道歉，她就一定原谅，或许，她会主动把钱给他，甚至都不用杀了她。但路易斯弥还是固执地说他不去，说他不想看见巫婆，而且，干吗要离开拉马托萨？最好还是留下来，总会有出路的，不要绝望，再说，诺尔玛已经怀孕了，不能冒险，万一在路上出了问题怎么办。布兰多拼命点头表示赞同，说，那是当然，你说得有理，但心里却想，操你妈的婊子养的，我恨死你了，浑蛋，我恨死你了。他向自己发誓再也不跟路易斯弥说话，但第二天见到对方时，话就又溜出了口：走吧，路易斯弥，你个浑蛋，咱们把她干掉吧，离开这儿，我心里想的都是这事，想不了别的了。他日思夜想的都是他们如何干掉巫婆，如何携款逃跑，如何把那些金币折现还不惹人怀疑，如何给那一晚在路易斯弥的床垫上发端的那件事做个了结，之后再如何趁那浑蛋睡觉时把他杀死。圣周假期结束，布兰多连学都懒得上了，他觉得学习没有意义，自己无论如何都没法在课上集中精神。他母亲也不敢责骂他，事实上，他在家里待着她还挺高兴，她甚至都不再在乎布兰多晚上出去喝酒一直喝到天亮，只要他陪她一起看九点档的电视剧就行，在那之后他爱干吗干吗：她会为他祈祷。她会祈祷，然后把一切都交到上帝手中，交到耶稣和圣母手中，该发生的事自然会发生，上帝自有祂的神圣意志。布兰多越来越厌倦她，厌倦九点档的电视剧，厌倦喜剧人物的痴态傻笑，厌倦广告里油腻的歌曲，厌倦房顶电扇全速运转时发出的尖厉声响。他厌倦那座小镇，也厌倦莱蒂西亚的愚蠢和她通电话时的歇斯底里，因为布兰多已经不想再和她上床了。那个该死的黑女人着了魔似的想要个布兰多的孩子，她说她老公是窝囊废，每天都和她上床，却无法让她怀上孩子，所以她希望布兰多去见她，上了她，在她里面射精，让她怀孕。她说她会把孩子当成自己老公的来养，布兰多什么都不用管，只需要用自己的精液填满她的阴道就可以，那个蠢娘们！给她个儿子？去死吧。布兰多最不需要的，就是在那个狗屎镇子留下任何自己的东西。绝不，他妈的绝不，无论她怎么哀求，甚至要给他钱，他都不同意。他可以用别的方式弄到钱，之后跑到坎昆，当服务员，再跟美国佬调调情打打炮，从一个地方跑到另一个地方：避免无聊，也避免被抓到。走吧，路易斯弥，你个浑蛋,他再次开口劝对方,不过都是趁没人听见的时候,因为布兰多不想留下任何证人:咱们这礼拜一去吧,礼拜二,下星期,干掉她,给蒙拉钱他就会载着咱们去,到之后敲敲门,你说服她让她开门,一进去咱们就管她要钱,借也行,抢也行,肯定划得来,然后咱们立刻离开,不带行李,什么都不带,以免引起怀疑,不告诉任何人,只有你和我,走吧,路易斯弥,你个傻缺。路易斯弥说,但是咱们得带上诺尔玛,布兰多摇了摇头,想道,好像你真在乎那姑娘似的,他妈的臭娘炮,但他很快就回过神,微笑着说,当然了,确实,咱们走不能不带着你的妻子,是吧?说出"妻子"这个词对他来说就像吃了屎。路易斯弥弄出了这么多恼人的麻烦,这让他沮丧。有一阵子,他甚至怀疑路易斯弥嗅出了自己也想解决掉他、想一走远就把他也杀了的念头,所以有那么两天,他开始认真考虑起自己一个人离开的主意,直到那个礼拜五下午,路易斯弥跑到了他家——这事可不常有——来找他了。那家伙看起来心力交瘁:他已经两天没合眼了,因为诺尔玛——布兰多到最后也没听懂路易斯弥说的,因为对方憋着火,恨得直咬牙——他的妻子诺尔玛,被巫婆害进了医院,情况严重,所以他想当天就跟布兰多一起去巫婆家,干掉那个人渣，今天就去，浑蛋，趁着这股劲头，今天就去，布兰多，你个傻缺。路易斯弥已经兴奋难耐，站都站不稳了，布兰多差点儿就叫他去死，差点儿就一把抓住他试图让他明白自己在说什么傻话，但转念一想，他意识到这可能正是自己一直在等待的机会。什么时候去干、路易斯弥为什么去干又不重要，去试试又没什么损失，或许之后再没机会了，所以他说好，说他们可以去，不过走之前得多喝点儿，这样才能准备就绪，鼓足勇气。他走进房间，穿上一件黑色T恤——方便遮掩可能会溅到身上的血，他谨慎地想——之后又套上一件曼联球衣，拿上自己所有的钱，没和母亲说一句话就离开了家。他挽住路易斯弥的手臂——以防他逃跑——把他带进堂罗克的店里，在那儿买了两升甘蔗酒，把酒灌进一只大瓶子，跟一种含有大量蔗糖、染色剂和其他糟烂成分的橙味饮料混合在一起，四个人分了——他们在去公园的路上遇见了威利，之后蒙拉也开着车来了。事实上，布兰多并不相信路易斯弥是认真的，反而感觉他随时可能会退缩，要不就是在蒙拉和威利面前吹个牛，计划也就告吹，出乎意料的是，已经喝高的路易斯弥在等到威利在公园长椅上失去意识之后，才开口请蒙拉把他们捎到拉马托萨去。或许那家伙没有布兰多想象的那样嗑药过量，或许他想报仇的心思是认真的。蒙拉那蠢货说，只要给钱，想去哪儿他都可以捎他们去，要回村里的话，至少一百。布兰多说，现在先付五十，事情办完，回来再付五十，我现在只有这么多，之后再付剩下的，或许咱们还能用弄到的钱耍耍去。蒙拉说，你个弱鸡，然后他们就一起走了，发生了这个，发生了那个，后来他甚至把握不了自己手上的力量，他不该在那个傻缺娘炮转身要从厨房逃走时用拐杖打她打得那么狠，打得那么正，正好落在头骨那个地方，妈的，她一下就栽倒在地，路易斯弥还冲上去踢她的脸，那之后她就没再说过一个字，哪怕被布兰多扇耳光逼问钱藏在哪儿的时候也没说话，就只趴在厨房地上呻吟，嘴里流着口水，伤口淌着血，慢慢把头发都染湿了，他们只好自己去找财宝。不知两人到底在那栋房子里搜寻了多久，蒙拉说不过半个小时，但布兰多却觉得在里面耗了好几天，他在楼上的房间里转悠得越久，就越感到绝望——房间里都没人住，只有少量家具，四面墙环着一张床、一个斗橱，或一张床、一把椅子，或房间正中摆一张桌子，其余地方空着。一个黑黢黢的小马桶，像一处粪坑。密封的窗前挂着帘子，灰色的墙，看不懂的图画，还有一种陈尸才会散发出的荒蛮、非人类的腐臭。布兰多恐惧地想，也不知道哪个房间是巫婆的，不知道那娘炮晚上都睡哪儿，这栋房子里的所有房间看着都不像有人住的样子，甚至可以说它是彻底地荒凉，好像从没有人在那些铺着落灰被子的硬邦邦的床上躺过。他搜了一遍房间和衣柜——里面塞满被蛀烂的衣服、塑料袋和沤烂的纸——最终来到那道阴森走廊的尽头，彼处只有一扇被钥匙锁住的门，看上去门的另一边也钉上了木板，无论布兰多怎么用肩膀撞、怎么用脚踹，门都岿然不动，终于，路易斯弥也上楼来帮他，不过那浑蛋已毫无用处，放倒巫婆时的那一顿猛击已经让他发蒙，他此刻整个人都失魂落魄。布兰多突然觉得，这一切就是一桩巨大的蠢事，因为房子里什么都没有，只有厨房桌上放着的一张两百比索的纸币，还有一把散落在客厅地板上的普通硬币，因为路易斯弥的手一直在抖，什么都抓不住，布兰多不得不像个乞丐一样一枚一枚把它们拾起来。一阵疯狂的晕眩中，他终于反应过来两人干了什么，也反应过来，其实巫婆一无所有，这简直再明显不过了，此刻她正带着怒火苟延残喘，听呻吟就知道她身陷痛苦。布兰多对路易斯弥说，他们得把她带到别的地方去，扔到山上，这样就不容易被发现，如果把她留在家里，每礼拜五都会来的那些女人就会发现她，再之后，就会找上他俩，所以他们得逃跑，立刻就跑。他们用她的裙子裹住她的身体，又用她恶心的头纱裹住她的头，以防她的脑浆从伤口流出，就这样，两人抬着她，把她送上了蒙拉的车，车顺着去制糖厂的上坡路把她载走了。在到达那条河之前，他们又在某个转角处拐入一条通向灌溉渠的小路，在那儿把她拖下车，拽到水渠边，布兰多把刀递给了路易斯弥，那把从他有印象起就一直放在厨房粗盐盘子上的刀，那把他一边给蒙拉指路一边紧攥在手里的刀，但路易斯弥不愿接，布兰多只好走上前，把刀硬塞进对方手里，收紧手指，握住他的拳头，帮他抓紧刀柄。布兰多也不想去看巫婆，但他需要说服路易斯弥：那可怜的娘炮实在太受罪了，必须尽快结束他的痛苦，一刀了结了他，来吧，给他仁慈的一枪，只不过他们没有手枪，没有子弹，只能用刀，只能把刀扎进那个正在草地上颤抖、呻吟的基佬，那个满脸是血、后颈伤口不断有狗屎黄色的液体流出——闻起来太他妈臭了——的基佬。狠狠插在脖子上，别让他继续承受失血的折磨了，但那个该死的胆小鬼路易斯弥只是软软地割了一个小口子，根本没能切断任何主要静脉，他只是让巫婆大大地睁开了眼睛，冲他们龇了龇沾满血水的牙齿。布兰多再也忍不了了，他跪在路易斯弥身边，又一次用自己的双手裹住路易斯弥的拳头，用他身体的全部力量，把刀引向巫婆的喉咙，一次，两次，三次——以防万一——这次确实刺穿了层层皮肤，刺穿了肌肉、动脉壁和喉软骨，甚至刺到了颈椎骨——刺到第三刀时，随着干干的一声"咔嚓"，它断开了，路易斯弥那个娘炮顿时像个孩子一样哇哇大哭起来，拳头里仍然紧攥着刀，血溅得到处都是，染红了他们的双手、衣服、鞋子、头发甚至嘴唇。布兰多不得不把刀从对方手里夺下，扔进了水渠，虽然他其实更想洗干净留着，或许之后——当天晚上——他还会用到，用来杀掉他妈妈，杀掉路易斯弥，也因为他当晚还得再回拉马托萨，他得再去一趟巫婆家，在九点档电视剧过后，在新闻和他妈妈半梦半醒间观赏的各种节目之后，骑车回去，一路上扑打那些往他嘴里——因为卖命蹬踏，他不由得微张着嘴——钻的苍蝇，对付那些拱出地面的大树根须，抵御吹乱他头发、把他前额汗珠吹落到干裂地面的劲风。他回到巫婆家去找钱，但这次还是他妈的一分一毫都没找到：客厅空着，像一只死蜗牛的体腔，充满回声和令人不适的寂静，地下室也一样，一楼、二楼的房间都一样，他什么都没找到，他挪开所有家具、刨出所有垃圾，甚至还撕破了堆在墙边的那堆塑料袋中的好几个，但还是一无所获。什么都没有。最后，他走向那扇因为封得太死下午时没能打开的门，他跪在门前，把头贴在地上，透过木头和地面间的缝隙看去，但也只能感受到尘土、黑暗，还有淹没了楼道的死尸气味。他想着，房子的什么地方一定藏着把斧头，哪怕是生锈的，如果拿来砍一下门锁，或许能把锁弄开，至少能砸碎锁周围的木头。他飞奔下楼，走到过道门槛时，突然看见一只黄眼睛的巨大黑猫正在厨房门口的角落里看着自己，于是猛地停下脚步。布兰多不知道这无耻地盯着自己的动物是怎么钻进来的——为防有人在他搜寻时进来，他之前明明已亲手锁好了厨房门啊。他抬起腿，装作要踏过去的样子，但那该死的黑猫并没有动，不但没动，甚至眼都没眨，愤怒的低啸从它紧闭的口中传出，吓得布兰多连忙后撤一步。他同时瞟了眼桌子，祈求上面还有另一把刀可用，可就在那一刻，厨房和整栋房子的灯都猛地熄灭了，布兰多恍然大悟，那只愤怒的动物、那个在黑暗中低声咆哮的野兽就是魔鬼，获得肉身的魔鬼，已经跟随了他这么多年的魔鬼，终于现身要把他带入地狱的魔鬼，他还明白，如果自己在那一刻不跑开、不逃离那栋房子，那么他便会跟那头可怕的野兽一起被永远困在黑暗里，于是他向厨房门口纵身一跃，抬起门闩，用尽全力将门推开，身子重重地摔在院子坚硬的土地上，那时魔鬼的咆哮还在不停往他耳朵里钻。他在土灰里连滚带爬找到自行车，绝望地骑车穿过飒飒作响的夜，在分割甘蔗园的小路上疯狂蹬起脚踏板，离开了那里，同时心怀恐惧、大汗淋漓，坚信自己迷失在了虚无中，正在路上不停转圈，坚信自己迟早会绕回灌溉渠去，在那里，巫婆和她被割开的喉咙、流出的脑浆、染血的牙齿正等待着他……就在他几乎失去获救的希望时，终于隐约望见了比利亚的几缕灯火——那是离墓园最近的几栋民居。他把车蹬到空无一人的主路上，半小时后到了家，进门后先确认了一下母亲已经睡着，接着进了厕所，想洗净沾满尘土的脸和手，在抬眼看见污浊镜面中自己的样子时，他差点儿惊叫出声：原先的眼睛被两个明亮的圆环替代，在水银般汗津津的脸庞上闪着光。他闭起眼，站在洗手池前一动不动，毛发直立，双手挡在脸前，仿佛在防御自己的镜像可能发起的攻击，几分钟后，他才稍稍平静下来，恢复了些许理智，才敢再次去看镜子。他看见那层蒙在玻璃上的油腻脏污下并没有两个魔鬼的光环，有的只是他一如往常的眼睛，深陷的、通红的眼睛，有很重黑眼圈的、绝望的眼睛，无论如何绝对正常的眼睛。他洗过脸，又洗了洗前胸和双手，随后回房躺在床上，盯了几个小时的天花板，始终无法成眠。不知你会怎样，他几乎肯定那晚路易斯弥也无法入睡，但每个清晨我都会把你寻觅，肯定路易斯弥正在自己的床垫上清醒地等着他，自己的欲望我无法压抑，等着布兰多赶到他身旁，在那张肮脏的破床垫上，在想入睡的夜，完成他们已经开始却一直未了的事，如果失眠，两人之间一直没有解决的事，我会伤心欲绝，互相干对方，互相干死对方，或许这两件事可以同时完成。他想了想没弄着钱的事，屈辱的泪水顿时涌上眼睛。他最后想了想能用什么办法逃走，怎么去别的地方找一处庇护所。如果，如果他和在帕罗加丘的爸爸联系上，或许他能收留他避几天风头……帕罗加丘离比利亚不远，但如果警察开始找他，那儿至少可以先落个脚……想着这些，想着离开这个操蛋镇子、离开他的操蛋妈妈之后生活会是什么样子，天慢慢亮了，等他反应过来时，鸟已经开始在杏树上鸣唱。到最后布兰多也没合眼，他起床，走到客厅，在母亲从来都放在电话旁的电话簿上找到父亲的号码，打过去，那边接通了，响了好一阵，最后是他本人接的，无精打采地说了一句"喂"，布兰多紧张地问候了一下对方——他已经很多年没跟爸爸说过话了,可能他已经听不出自己成年的嗓音,以为是什么骚扰电话,或许会直接挂断——并为那么早打扰而道歉,接着又说了几句自己都觉得假的客套话,但还没说完,就被他父亲打断了:你们还想要什么?告诉你妈,我没法寄更多钱过去,我这边开销太大了……一个婴儿在电话那头尖声哭叫起来。布兰多说,我明白,但是……现在该你养你妈了,你不觉得吗?你几岁了,十八了?十九,布兰多说。母亲进了客厅,穿着那件她不愿扔掉的破烂睡裙,急躁地比着手势,让布兰多把话筒递给她,但他还是选择不道别就挂了电话。他母亲想知道发生了什么,布兰多让她闭嘴,说什么都没发生,让她回床上去,接着,随手穿上地上的衣服,拿上从巫婆那儿抢来的两百比索和零散硬币,没理会走廊里正在呜咽的母亲,又往书包里塞了几件干净衣服,离开家,狠狠撞上了门,从主街往上走,一直走到比利亚的出口,走到加油站,准备请第一个停下来的卡车司机捎自己一段,搭个便车。他必须立刻离开,因为五一小长假会让车行变慢,愿意带他的司机会更少,他要是抓紧时间,或许能及时逃走,哪怕包里只有两百比索,这取决于他能否碰上慷慨的货车司机,也取决于他自己有没有能折腾到坎昆——或者边境,或者随便哪儿，这还有什么关系呢——的能力。他一边走，一边想着路易斯弥，想着自己多么渴望在离开前再见他一面，渴望解决掉两人间尚未解决的问题，每过一分钟，布兰多的怒气和悲伤就多一分，还没走到公路上，他就转过身，开始往家走。打开家门时是下午四点，他没有对跪在客厅供桌前的母亲说一个字，直接进了屋子，走进自己房间，脱掉沾满汗和土的衣裳，躺在床上，一连睡了十二个小时，没做噩梦，没做任何梦，然后在天还黑着的时候突然醒来，浑身冷汗。他起床，走到厨房，喝下一整罐凉白开，瞧了瞧母亲放进冰箱的那口锅里有什么——里面的菜豆让他毫无胃口——之后回到床上，又一连睡了十二个小时。再次醒来时，他有点儿找不着方向，整个身子在床单下簌簌发抖，好像外面很冷似的。他感觉如果自己不走，家里的每面墙都会向他塌来，于是便穿上衣服，走上街头，胃中空空如也，感觉肺部吸入的空气异常浓稠，好像液体。他向街角走去，回头望了望堂罗克的店面，那一刻他看到了熟悉的一幕：一个同街区的小男孩，苍白的脸，头发干枯墨黑，一个人站在人行道上的游戏机前打着游戏，就在堂罗克放在店门口的一盒盒蔬菜旁，那时段菜都已经蔫了。布兰多不记得那孩子的名字，但一眼就能认出人来。他注意到他已经好几年了，主要是因为他和自己小时候很像，虽然肤色可能更白一点儿：一个比自己更好一点儿的版本，一个被自己妈妈允许单独上街玩堂罗克游戏机的小孩。小屁孩玩得很不错，至少看起来很投入，摇控制杆和按按钮时使上蛮力，后翘的屁股随着音乐节奏一晃一晃。孩子的嘴唇是粉色的，最惹布兰多注意，他认识的人里没一个有如此唇色，除了黑狗色情片里的女孩。那孩子遮在衣服下面的乳头也一定是红润的、草莓味的，布兰多这样想象。如果有人咬一口，流出来的一定是树莓糖浆而不是血。那时，他发觉自己停在了路中间，于是赶忙横过马路，向那孩子走去。布兰多站在那儿看他玩了一会儿，直到对方——他应该不满十岁，布兰多一边用眼神轻抚他光洁的脸颊一边想——转过头来看他，向他发出了挑战，布兰多立刻接受了邀请，尽管他根本不了解那款打斗游戏，因为很多年前他就对游戏机失去了兴趣。他走进商店，买了一包香烟，换了些零钱，走出来开始和小孩对阵，其实也不过是疯狂地晃着控制杆，故意让对方赢了无数次，之后佯装自然地扑到对方身上，试探了一下他的力量，琢磨着把他带上路后要控制住他有多难。就在他准备开口以请吃冰淇淋为由说服小孩跟他走——虽然故意输了一连串后他已经不剩几个钱了，妈的——时，三个穿制服的人从他背后扑来，抄着棍棒对他一顿猛击，把他放倒在地，给他戴上手铐，押上了巡逻车。钱呢？你个杀基佬的，他们问他，又给了他胸口重重一击。布兰多问，什么钱，我不知道你们在说什么。利古里托说，你就装傻吧，杀基佬的，告诉我你把钱藏哪儿了，要不然，我就把你的蛋烧了。最开始，布兰多再怎么挨打都忍下来了，因为他不想告诉对方当晚他又回到了巫婆家，什么都没找着，只遇见了一只操蛋的鬼猫，后来他开始吐血，他们又把赤裸裸的电线放在了他的命根子上，他没办法，只好全招了，告诉他们有扇锁住的门，里面是他们没能进去的唯一一个房间，巫婆的宝贝肯定藏在那儿，话一出口，那些浑猪转身就走，把他扔进了深牢，扔进了那个塞满参加五朔节游行的醉鬼和抢劫盗窃犯——比如抢了他球鞋的那三个疯子——的牢房。那三人中有一个的脸布兰多刚才没看清，但一看就是领头的，面庞干瘦，一脸络腮胡，前排牙齿一颗不剩。布兰多拖着身子，挨到肮脏的马桶边上——那是牢房里唯一无人占用的空地——缩成一团，轻轻捂住肚子，护住仿佛已被研磨成泥的内脏。络腮胡瘦子在牢房中央转来转去，一边用自己的新球鞋踩着醉汉，一边发出困兽般的低吼，或许是被那个像疯狗一样乱叫的倒霉蛋刺激到了吧。他们把那个杀死母亲的吸毒犯单独关在"小洞洞"里，以免其他犯人把他杀死。闭嘴，畜生！领头的憋足气吼道。闭嘴，他妈的杀人犯！别的牢房也有人喊起来。你把你妈给杀了！在地狱里烧死吧你个畜生！领头的叫了一声布兰多，轻踩他伤势严重的肋骨，但看上去更像要引起他的注意而不是想伤害他，同时，还轻声唱起来，杀基佬的，杀基佬的，看看，看看。布兰多捂住耳朵，闭紧眼睛，但那疯子还在不停烦他，看看，杀基佬的，看看，敌人，你相信敌人吗？那个人的气味甚至比浸透了牢房地面的尿臊气还要臭，布兰多努力伸展身体，抬眼看那个一直在叫自己的家伙，嘟哝道，你他妈想要什么，疯子？我已经什么都没有了。接着，他朝那人的干瘦手指所示意的方向望去，望向他自己正倚着的墙壁，望向他脑袋上方那片布满潦草字迹和钉子划痕的区域，那些人名、绰号、日期、心形、神话中怪兽尺寸的男女生殖器，还有各种各样令人作呕的场景，其中最显眼的是几条红线勾画出的魔鬼形象。他刚进牢房时怎么没看见？那个巨大的恶魔就像统治监牢的君王。敌人，小子，大胡子神经病说，敌人无处不在。那恶魔由砖石刻凿或由鲜红的颜料画成，有着巨型头颅，长着尖角、猪鼻以及一双浑圆、空洞的眼睛——被扭曲的光线环绕着，仿佛是精神错乱的孩子画出的日光——还长着几条山羊短腿，一对乳房垂到丑陋身体的腰间，正悬在一条勃起的巨大阴茎上方——从其中流出的东西像干了的血，真实的血。这时，作为牢房老大的大胡子突然全力吼叫起来，一边吼一边踹地上的醉汉，好叫醒他们，让他们见证即将发生的奇迹——敌人！他中邪般尖叫。敌人需要更多奴仆，败类召唤败类！准备好吧，浑蛋们！醉汉们呻吟起来，用胳膊环住脑袋，其他人则在铁栏杆旁画起十字，但没人敢将目光从领头的身上移开，他们都盯着他在牢房中央跳起阴森舞蹈，施展迷幻拳法，之后他吼叫着扑向布兰多，不过并没有打他，只是径直向墙壁出了两记快拳，正中恶魔的腹部，声响干硬的两拳，回荡在牢房中骤然降临、几近神秘的寂静里。两拳，二，领头的追随者警觉地喃喃道。二，二，稍微清醒些的几个醉汉开始重复。二，二，其他牢房的囚犯仿佛受到了传染，也开始跟着喊，甚至那条哭着求他的好妈妈原谅他的疯狗也以破碎的声音加入合唱。二，二，所有人一起喊。二，二，布兰多尽管并不情愿，却也轻声念起来。犯人们的吼声在牢房的墙壁间回荡弹射，填满了他的耳朵，或许正因此，他才没听见牢门打开时的尖厉声响，也没听见向铁栏杆靠近的脚步声，终于把目光从恶魔脸上黑洞洞的太阳上移开时，他才发觉有三个人影停在了牢房栏杆前。操他妈的开门，一群傻缺，看守凶巴巴地喝令。也不知怎的，那浑蛋每次都能猜出我要带几个人来，一群傻逼，一群魔鬼上身的家伙。接着，他把两名新囚犯推进了牢房。其中一个是矮个儿，小胡子花白，明显腿瘸，几乎无力站稳。另一个是干瘦的男孩，苗条，卷发，头发上有血，已经干了，嘴巴开花，眼睛挨了揍，肿成一道线，利古里托手下的那帮猪猡可不会手下留情，他们根本就不在乎记者或照片或天杀的人权——是路易斯弥，婊子养的狗屎基佬路易斯弥，站在了泪水婆娑的布兰多面前。是他的人了，妈的，终于，是他的人了。终于他妈的可以亲手把他掐死了。

七 寻宝

他们说，事实上她没死，因为巫婆不会轻易死去。他们说，在最后一刻，在那两个年轻人用刀刺她之前，她及时念出咒语，把自己变作另一样形态：一只蜥蜴或一只兔子，逃到了山野最深处。或者变作谋杀案几日后在天空出现的巨鸢：那只身形硕大的猛禽先是在田地上空盘旋，之后又落上树枝，用红色的眼瞳看着下面来往的众人，仿佛想张口说话。

他们说，在她死后，很多人都钻进过那栋房子去找财宝。刚一得知灌溉渠里的浮尸是谁，这些人就扛着铁锹、尖镐和锤子扑向房子，凿开了地面和墙壁，挖出道道深沟，不停寻找暗门和密室。利古里托的人是最先去的，领了少校的命令，他们甚至有胆子炸开走廊尽头房间的门，那个房间原本属于老巫婆，自从她消失，房门就上了锁。他们说利古里托和他的人都被房间里的景象吓坏了：坚实的栎木床中间，躺的是老巫婆的黑色木乃伊，那尸身就在他们眼前开始脱皮腐烂，最终化作一堆白骨和毛发。他们说那些胆小鬼撒腿就跑，再也不想回到村里，不过也有人说这不是真的，说事实上利古里托和他的人找到了传说中藏在老巫婆房间里的财宝——金币银币、珍珠宝石，其中还有那枚大得像玻璃的钻石戒指——于是比利亚唯一的巡逻队就这样卷着宝贝逃离了镇子。他们说，过了马塔科古伊特后，利古里托贪念大起，不愿与人分赃，于是决定杀掉自己的全部手下。还说他先让大家都交出武器，之后从背后朝众人开枪，又把头一个一个割下来，好让当地政府以为是毒贩干的，再之后就卷着所有钱财逃往未知方向了。不过也有人说并非如此，这说不通，更有可能的版本是利古里托的手下，六对一，先把他给杀了。还有人说警察肯定碰上了"新种族"团伙，他们从北方下来一路扫荡，铲除了"暗影"团伙留在石油站的残余势力，顺带把那些警察也干掉了，其中也一定包括少校本人，将来他的尸体肯定会在哪个枪战发生地出现，或许也遭到了肢解，还有被虐打的痕迹，尸身上挂着纸板，纸板上写着留给古柯·巴拉巴斯和其他"暗影"团伙成员的信息。

他们说现在街上乱得很，说不久上面就会派海军陆战队来维持秩序。他们说天气热得让人发疯，怎么可能到五月的这时候了还没下过一滴雨。说飓风会来得很凶猛。是这种种负能量造成了那么多的不幸：路边的沟渠里或居民区周围野地里随便挖出的坑里，都出现了被砍头、肢解，而后裹在毯子里或塑料袋里的尸体。有身中数枪的，有被车撞死的，有一些是不同农庄间彼此寻仇造成的死亡，还有被强奸的、自杀的，以及记者们所说的激情犯罪的受害者。比如圣佩德罗波特里约那个出于嫉妒杀死自己父亲的怀孕女友的十二岁男孩。或者那个在一同打猎时杀死儿子的父亲，他事后告诉警方，自己把儿子当成了貘，但此前大家就都知道，老头儿想占有儿子的老婆，甚至老早就和她偷偷睡过了。或者帕罗加丘的那个老女人，说自己的几个孩子不真是她的孩子，而是吸血鬼，要吸她的血，于是用从桌上卸下的木板，用衣柜的柜门，甚至用电视的屏幕，把那几个小孩都打死或砸死了。或者那个把自己女儿闷死的可怖女人，她说丈夫不理自己只理孩子，所以拿了条毯子，捂住孩子的脸，直到她停止了呼吸。或者马塔德皮塔的那几个浑蛋，奸杀了四名侍者，却被法官宣判释放，理由是之前指认他们是凶手的证人一直未能出庭，别人说他因告密而被干掉了，但那群浑蛋却逍遥法外，好像无事发生……

他们说世道如此，女人们都紧张得很，尤其是拉马托萨的女人。说下午时，她们会聚在自家门廊前，一边抽没有过滤嘴的香烟，一边摇晃怀中年幼的孩子，向幼儿娇嫩的头顶吐去呛人的烟气，以驱赶凶猛的蚊蝇，顺便吹一吹从河道飘来的丝丝凉风。等村子最终沉默下来，只依稀听见从远处公路旁的夜总会传来的音乐、驶向油井的卡车的呼啸，和身处平原两端的犬只如野狼一般掷向彼此的嗥叫时，女人们会坐下来，一边讲故事，一边认真地望向天空，搜寻那只白色的珍禽——它会停在最高的树上，俯视苍生，一脸劝诫神色。一定不能进入巫婆的房子。要避免去往那边，更不能越界走到屋前、从墙面遍布的窟窿探头去看。要告诉你们的孩子，不该进去寻宝，更不该跟朋友结伴在废墟般的房间中乱跑，或比赛上到二楼看谁更勇敢，敢于钻进走廊尽头的房间，去触摸巫婆尸体在肮脏的床垫上留下的印迹，因为很多人进去房间又出来时都惊魂不定，被房中弥漫不散的腐臭熏得头晕目眩，被剥离自墙体、紧追他们不散的幽森暗影吓得魂不守舍。要尊重那栋房子的死寂，尊重在其中居住过的不幸女人的痛苦。那个村子的女人们都说，那里没有财宝，没有金银，也没有钻石，有的只是不愿消散的灼人苦痛。

八 出口

"爷爷"坐在一根粗树桩上抽着烟，等着停尸房的工作人员从救护车上把人抬下来。他一个人一个人慢慢数着，那些残缺不全的也包括在内，有些甚至只是人体的碎块，没有脸也没有性器：某个农民的一只长满茧子的脚——一定是喝醉了酒还偏要上山去除草——或是某个石油工人留在医院手术室里的几根手指、几块肝脏、几块皮肤。第一具运下来的整尸生前显然是个穷人：皮肤肮脏、干瘪，一定是在烈日下漫无目的地晃荡了大半辈子。之后是那个被肢解的可怜女孩，不过至少没有赤裸着身体，可怜的孩子，被裹在天蓝色的玻璃纸里，估计是为了避免被切下的四肢散落在救护车的地上，"爷爷"想。再之后，是那个刚出生的女婴，脑袋小得像番荔枝，一定是在死前就被父母抛弃在哪个诊所的可怜孩子。最后，是所有人里最重、最麻烦的一个：工作人员不得不使用无数布条来固定他的身体，因为他们每次试图把人绑住，对方的皮肤都会不断剥落下来，对"爷爷"来说，处理这一个，一定比处理被肢解的可怜女孩更费力，甚至比处理其他所有人加起来都更费力，因为那浑蛋虽然死于暴力攻击，但仍是具全尸，尽管尸身已腐烂，却还是完整的人体，这一类的最费时费力：好像他们仍然没有向命运低头，好像坟墓的黑暗依旧令他们恐惧。但停尸房的那两个笨蛋是意识不到这些的。他们只想从"爷爷"那儿顺两根烟，说两句傻话，看看能不能从他那儿再套出些故事。后面还有活儿呢，瘦的那个说。说是不久前找到了比利亚失踪的那些警察：可惨呢，都被割了头。"爷爷"只是继续缓缓地抽烟，长长地吞吐，眼睛盯着被那两人扔进穴坑的尸体，计算着需要多少砂石和石灰。最好开始挖下一个墓穴了，另一个人——金发，平时不太说话——一边说，一边看着"爷爷"，一脸傻笑。之前那个至少还能再放二十个人，老头儿答道。瘦的一阵大笑：比利亚的人也这么说，爷爷，但您看见了吧？我们都得把尸体带到这儿来，因为那边装不下了。被土掩上的墓穴就像棒球投球区拱起的地面。"爷爷"只是眯着眼看着对方，不说话。您干吗不干脆立着埋他们？金发的一边提建议，一边把烟头扔进了墓坑底部。那浑蛋说的是笑话，但"爷爷"知道这无论如何都行不通。如果不躺好、不被妥善地上下层层安置好，他们会打架的。他们不舒服，就会乱动，人们无法忘记他们，他们就会被困在这个世界，做各种怪事，在墓间疯狂穿行，也会惊扰到活人。"爷爷"又点了根烟，面对那两个期待他开口的比利亚停尸房工作人员，只是轻轻摇了摇头。他敢肯定，他们想让他再讲个自己的故事，但是老头儿并不愿意配合。干吗要配合？让他们之后到处去说这傻"爷爷"已经疯了吗？滚一边去吧！尤其是那个瘦子，就是他先往外传的，说"爷爷"跟死人说话。老头儿当初是真心诚意说的，以为那傻子能明白，但他哪儿能懂——出了公墓就跟半个世界说，说"爷爷"能听见好多声音，已经老糊涂了，其实老头儿想告诉他的只是，在埋葬尸体时，有必要和他们说说话，妈的，因为根据他的经验，事情这么办会更容易些，因为死人能感觉到有声音在引领着他们，在给他们做出解释，如此一来，他们也能得到一点儿安慰，也就不会再去找活人的麻烦了。因此，他一直等到那两个抬担架的坐上空救护车走了之后，才和新来的说起了话。要先让他们平静下来，让他们看到，没什么好怕的，人生的磨难已经结束，黑暗不久就会被驱散。风吹过平原，搅动着杏树树冠上的叶子，在相隔遥远的坟墓间卷起小小的砂石旋涡。雨要来了，"爷爷"看着密布天空的浓云，松了口气似的，把消息告诉了逝者。上帝保佑，雨要来了，他重复了一遍，但是各位不用怕。一颗大大的雨滴落在他握着铁锹的拳头上。"爷爷"把手背凑到嘴前，舔了舔雨季第一场甘霖的甜。得抓紧了，要把他们的身子都盖上，先是一层石灰，之后是一层砂石，要赶在大雨落下之前盖好，之后再在墓穴上铺一张鸡笼网，上面压一层石头，以免不眠的野狗在夜里来刨他们的身体。各位可以放心，他喃喃道，声音比猫呼噜大不了多少。大家不用怕，也不用绝望，放心吧。天空被一道闪电点燃了一瞬，一声闷闷的雷震动着大地。雨水不会伤害大家的，黑暗也不会永远延续。已经看见了吗？看见远处的光亮了吗？看见那个像星星一样的小小光点了吗？大家要往那儿去，他说道，那儿，就是这个洞的出口。

致谢

感谢费尔南达·阿尔瓦雷兹、埃杜瓦尔多·弗洛雷斯、迈克尔·盖布、米盖尔·安赫尔·埃尔南德兹·阿科斯塔、奥斯卡·埃尔南德兹·贝尔德兰、尤莉·埃雷拉、巴布罗·马丁内兹·罗萨达、哈依梅·梅萨、埃米利亚诺·蒙赫、阿克塞尔·穆纽兹、安德雷斯·拉米雷兹以及加布里埃拉·索利斯,感谢各位对此书不同版本的阅读及评论。为此,我同样感谢马尔丁·索拉雷斯,并特别感激他在最恰当的时机向我推荐了《族长的秋天》。感谢何塞菲娜·埃斯特拉达令人仰叹的纪实报道《特殊标记》,感谢它在不经意间赠予我的灵感。感谢哥斯达黎加作家、社会活动家卡门·利拉的回忆录,她著述颇丰,并为《搞出礼拜日七》这一出处不详的民间故事写出了她自己的深刻、生动的版本,本书中的相关内容所依托的便是她这一版故事。

感谢记者尤兰达·奥尔达兹及加夫列尔·乌赫——他们在无耻的哈维尔·杜阿尔特·德奥丘阿执政期间在维拉科鲁兹被杀害——两人的罪案记录以及相关摄影图片为

《飓风时节》中的一部分故事提供了大量灵感。

感谢卢尔德斯·奥约斯的温暖。感谢乌里埃尔·加西亚·瓦雷拉在远方点亮如星光的微微灯火。

感谢埃里克、汉娜和格里斯·曼哈雷兹，感谢你们组成了全宇宙最美好的家庭，并允许我成为其中一员。